KB032100

적막에 귀 기울일 때

적막에 귀 기울일 때

안드리 바친스키 지음 이계순 옮김

씨드북

차례

한낮의 더위에 지친 세르히는 자동차 뒷좌석에서 잠을 자고 있었다. 아빠는 운전대를 손가락으로 토드락토드락 두드렸고, 엄마는 전화로 친구와 한참을 떠들고 있었다. 여섯 살짜리 여동생 이린카는 몸을 들썩들썩하며 얼굴을 일그러트리고 있었다.

아빠가 못마땅해하며 말했다.

"얼마나 더 기다려야 되는 거야? 이 철도 건널목에서 벌써 10분이나 서 있었어. 대체 기차가 어디 있다는 거야?"

그때 갑자기 자동차가 덜커덩 움직였다. 세르히는 번쩍 눈을 떴다. 기차가 보였다. 이상하게도, 기차는 차단기 너머로 지나가지 않고 세르히가 탄 자동차를 향해 곧장 달려오고 있었다. 기차 바퀴에서 불꽃이 사방으로 튀었다. 요란한 경적과 브레이크의 날카로운 쇳소리가 세르히를 마비시켰다.

세르히는 애써 움직이며 괴물 같은 쇳덩이에서 벗어나려 했다. 그러다 그만…… 바닥으로 떨어졌다.

세르히의 인생을 완전히 바꿔 놓은 그 여름날, 그날의 악몽은 세르히를 1년 넘게 괴롭히고 있었다.

모든 것은 사라진다. 하지만 음악은 영원하다?

세르히 페트리나의 부모님은 음악가였다. 엄마는 음악 학교에서 바이올린을 가르쳤고, 아빠는 필하모닉 협회의 교향악단에서 클라리넷을 연주했다. 세르히가 여섯 살이 되었을 때, 두 사람은 아들이 어떤 악기를 다뤄야 하는가를 두고 논쟁을 벌였다.

아빠가 화를 내며 소리쳤다.

"아니, 아직도 이해를 못 하겠어? 클라리넷은 남성용 악기야. 세르히가 클라리넷을 불 수 있게 되면, 정말 눈코 뜰 새 없이 바쁠 거야. 오케스트라 연주는 기본이지. 거기다 색소폰까지 불 수 있어 봐. 얘를 뛰어넘을 수 있는 사람은 아무도 없어. 어떤 공연이든 다 소화해 낼 테니까."

"어떤 공연이든? 내 그럴 줄 알았어!"

엄마가 맞받아치며 말을 이었다.

"바이올린은 음악의 여왕이야. 아주 고귀한 악기지. 우리 아들은 진짜 예술가가 될 수 있어. 근데 당신은 돈만 밝히는 딴따라로 키우려 한다고!"

"엄마! 아빠! 나는 음악 별로예요. 가라테를 하고 싶어요."

어린 세르히가 어른들의 대화에 끼어들려 했지만 아무도 세르히의 의견이나 바람에 관심을 기울이지 않았다.

돌고 도는 싸움을 끝내기 위해 부모님은 결국 피아노를 선택했다. 이 결정에서 세르히가 유일하게 반긴 건, 악기 가방을 학교까지 끙끙거리며 메고 다니지 않아도 된다는 점이었다. 그냥 악보만 챙겨도 충분했다.

처음에 세르히는 너무 부끄러워서 반 친구들에게 음악 학교에 다닌다는 이야기를 할 수 없었다. 그래서 가라테에 등록해 달라고 부모님을 계속 졸랐다. 음악 수업을 안 듣겠다며 엉엉 울기도 했다. 하지만 엄마와 아빠는 이미 아들을 '제2의 리히터'로, 그러니까 피아노의 거장으로 키우기로 마음먹었다.

세르히는 따를 수밖에 없었다. 그리고 점차 익숙해졌다. 그로부터 4년 뒤에는 젊은 피아니스트들을 위한 지역 콩쿠르에서 우승했고, 6월에 폴란드에서 열리는 권위 있는 국제 콩쿠르에 참가할 자격을 얻었다. 이 재능 있는 학생에 대한 소식은 저녁 뉴스에도 보도되었다. 이틀 동안, 세르히는 학교에서 슈퍼스타였다. 쉬는 시간이면 다른 학생들이 등 뒤에서 부러워하며 속삭였다.

"어제저녁 텔레비전에 나왔던 애 아냐? 5학년 세르히 페트리나.

무슨 콩쿠르에서 우승했다고 하던데. 이제 전 세계를 돌아다니겠지? 투어 같은 거 하면서 말이야."

"세상에! 쟤 생긴 것 좀 봐. 귀는 늘어지고 코는 완전 들창코네? 운 한번 더럽게 좋네."

"쟤는 누구랑 놀까? 이따가 유튜브 찾아봐야겠다. 이미 스타일지도 몰라."

정말로 세르히는 폴란드 콩쿠르에서 우승을 차지하며 음악계의 스타가 되었을지도 모른다. 축구에 대한 사랑이 조금만 덜했더라면 말이다. 세르히는 아빠의 작고 마른 체격을 그대로 물려받았다. 몇 센티미터라도 더 커 보이려고 금빛 머리카락을 마구 헝클어트려 보기도 했지만, 체육 시간이 되면 여전히 맨 앞줄에 섰다. 그래도 그만큼 민첩했기에 축구를 할 때면 어떤 경쟁자도 쉽게 제칠 수 있었다.

학교 운동장에서 경기하던 중, 누군가 세르히를 세게 밀었다. 세르히는 넘어지며 팔을 삐었다. 얼른 응급실로 옮겨져 삔 부위를 치료하고 압박 붕대로 감아 고정했지만, 의사가 앞으로 몇 주 동안은 절대 팔을 움직이면 안 된다고 주의를 주었다. 폴란드 콩쿠르를 고작 열흘 앞둔 날이었다.

엄마는 눈물을 흘렸다. 세르히도 울고 있었다. 아파서가 아니라 절망스러워서였다. 이린카도 울고 있었는데, 그냥 오빠 옆에 있고 싶었기 때문이다. 일을 마치고 돌아온 아빠는 온 가족의 눈이 빨갛게 충혈된 걸 보고 진정시키려 애쓰며 말했다.

"뭐야, 왜 다들 울고 있어? 물론, 팔이 삔 건 속상한 일이지. 하지만 잘 생각해 봐. 앞으로 이런 대회는 얼마든지 있어. 내가 콩쿠르에 처음 나간 게 언제인 줄 알아? 열여섯 살 때야. 근데, 봐. 지금 나한테 뭐 문제 있어?"

"내가 애한테 얼마나 악독하게 군 줄 알아? 피아노를 매일 두 시간씩 연습하게 했어. 꼬박 1년을! 근데 그게 다 헛수고가 되었잖아."

엄마가 좌절하며 말하자, 아빠가 엄마를 꼭 안아 주며 다정하게 속삭였다.

"나쁜 일이 있으면 좋은 일도 생기는 법이야. 세르히가 이번에 못 나가더라도, 다음 콩쿠르에는 꼭 나갈 테니까 걱정하지 마. 그동안 연습을 더 많이 할 테니 우승은 맡아 놓은 거지. 누가 세르히를 이기겠어? 자, 우리 이번 여름에는 바닷가로 놀러 가자. 집에만 있으려고 차를 산 건 아니잖아? 그래, 결정했어. 7월 1일, 오데사(우크라이나 남부에 있는 아름다운 항구 도시—옮긴이)로 가자!"

"야호! 바닷가다!"

이린카가 활기를 되찾고 소리쳤다. 그러고는 기쁨에 겨워 소파에서 폴짝폴짝 뛰었다.

오래전부터 바다를 보고 싶어 했던 세르히도 가슴이 콩닥콩닥 뛰었다.

세르히와 이린카가 잠자리에 든 뒤, 엄마와 아빠는 부엌에서 오랫동안 이야기를 나누었다.

"대체 생각이 있는 거야, 없는 거야? 바닷가로 가자고? 그 돈을 어디서 구하는데? 차 사느라고 모아 둔 돈도 다 썼잖아."

엄마는 설거지와 다음 날 아침 식사 준비를 동시에 하면서 투덜거렸다. 아빠는 다리를 꼬고 식탁 의자에 앉아 엄마를 설득하려 애썼다.

"괜찮아. 오두막이나 방을 빌리는 대신 바닷가 야영지에서 지내면 돼. 텐트에서 자고, 불을 피워 요리하는 거지. 문명의 혜택 같은 건 다 내려놓자고. 텔레비전도, 컴퓨터도 없어. 그저 바다와 태양, 모래, 별, 갈매기를 느끼는 거야. 어때, 멋있지 않아? 정말 낭만적이지?"

"낭만 좋지. 근데 요리는 누가 하지? 설거지는? 분명, 당신은 아니야. 가면 내가 그 모든 걸 해야 하잖아. 바이올린을 켜야 할 이 손으로!"

"자기야, 걱정하지 마. 설거지는 세르히랑 내가 할게."

아빠가 엄마를 껴안으며 말했다.

7월 1일 새벽 5시, 아빠는 여행용 가방과 4인용 텐트, 침낭, 주방 용품 그리고 2주 치 식량을 트렁크에 실었다. 그런 다음 자는 아이들을 밖으로 데려와 차에 태웠다. 엄마는 무릎에 간식 가방을 올려놓았다. 새로 산 은색 자동차가 마침내 출발했다.

차는 세 시간 동안 멈추지 않고 달렸다. 나무 위로 해가 높이 솟아 있었고, 자동차 지붕의 뻥 뚫린 채광창으로 신선한 바람이 불어 들어왔다. 철도 건널목 앞에 차단기가 내려와 있었다. 세르히 가족은 차를 멈추고 기차가 지나가기를 기다렸다. 5분이 지나자 이린카가 온몸을 들썩거리며 칭얼대기 시작했다.

"너무 눈 부셔! 그리고 너무 덥고 심심해! 바닷가는 언제 도착해?"

"조금만 기다려. 기차가 지나가면 우리도 출발할 거야. 그러면 조금 시원해지겠지."

아빠가 조용히 자책했다.

"에어컨 있는 차를 살 걸 그랬어! 돈 좀 아끼려다가 더워서 숨 쉬기도 힘드네."

아빠는 손가락으로 운전대를 초조하게 두드렸고, 엄마는 관심을 딴 데로 돌리기 위해 친구와 전화로 수다를 떨었다. 한낮의 더위에 지친 세르히는 뒷좌석에서 잠을 자고 있었다.

수십 대의 차들이 세르히 가족의 차 뒤로 줄지어 서 있었다. 그 끝에 커다란 초록색 트럭 한 대가 멈춰 섰다. 트럭 운전사는 늦었는지 요란하게 경적을 울려댔다. 마치 그렇게 하면 기차가 빨리 나타나기라도 할 것처럼 말이다. 그러더니 결국 운전대를 휙 꺾고는 가속 페달을 힘껏 내리밟았다. 트럭은 모든 교통 규칙을 무시하고, 앞차들을 추월하며 차단기를 향해 내달렸다. 그런데 철도 건널목까지 몇 미터 안 남았을 때 커브 길에서 기차가 나타났다. 운전사는 급히 브레이크를 밟았다. 트럭은 끼익 소리를 내며 멈췄지만, 트럭 뒤에 연결된 기다란 트레일러가 서서히 기울어지더니 오른쪽으로 완전히 넘어갔다. 그와 동시에 20톤 트럭이 세르히가 탄 차의 뒤를 들이받았다. 자동차는 장난감처럼 곧장 철도로 밀려났다. 기차가 그들을 향해 전속력으로 돌진하고 있었다.

병원

세르히는 귀에서 나는 이상한 소리를 듣고 잠에서 깼다.

'파도 소리인가 보다.'

세르히가 천천히 눈을 떴다. 일어나 앉으려 했지만, 팔다리가 붕대에 칭칭 감겨 공중에 매달려 있었다. 옆에 있는 네모난 기계 화면에선 초록색 광선이 일정하게 위아래로 움직이고 있었고, 기계와 연결된 케이블에서 가느다란 전선들이 뻗어 나와 마치 촉수처럼 세르히의 몸에 붙어 있었다. 세르히는 이곳이 병원이라는 걸 알아차렸다. 어떻게 여기에 오게 되었는지 기억하려 애쓰고 있는데, 문이 열리면서 흰 가운을 입은 간호사가 들어왔다. 간호사는 조용히 침대로 다가와 뭐라 말을 하기 시작했다. 적어도, 말을 하고 있다고 세르히는 생각했다. 목소리는 들리지 않았지만 입술이 움직이고 있었기 때문이다. 간호사는 세르히 위로 몸을 구부리고 다시 입술을 움직였다. 하지만 세르히에겐 단 하나의 소리도 들리지 않았다. 세르히는 좀 더 크게 말해 달라고 부탁하려 했지만, 한마디도 할 수 없었다. 무언가가 입과 목구멍을 꽉 움켜쥐고 있는 느낌이었다.

간호사는 세르히의 근육이 마치 목 졸리는 것처럼 뻣뻣해지는 걸 보고는 얼른 벽에 있는 버튼을 눌렀다. 얼마 후에 의사들이 달려와 소란을 피웠다. 한 명은 세르히의 체온과 심장 박동을 확인했고, 다른 한 명은 양쪽 눈에 번갈아 가며 빛을 비추었다. 그들은 세르히에게 무언가를 묻는 것 같았다. 하지만 세르히는 들을 수도, 대답할 수도 없었다. 그저 혼란에 빠져 고개만 저을 뿐이었다.

잠시 뒤 의사들이 나가고, 간호사만 남아서 세르히에게 링거를 놓았다. 세르히는 곧 잠이 들었다.

의사들이 회의실에 모였다. 벽에 걸린 스크린에 엑스레이 사진들이 떠 있었다. 나이가 가장 많은 백발 의사는 그 사진들을 오랫동안 응시했다. 그러고는 안경을 벗고 등 뒤로 손깍지를 꼈다. 의사가 눈살을 찌푸리며 말했다.

"여러분, 생각보다 상황이 더 안 좋군요. 팔다리 골절과 뇌진탕이 다가 아니라, 청각과 언어 중추도 확실히 손상됐어요."

그러자 다른 의사가 질문했다.

"교수님, 그렇다면 이 청각 장애가 정신적 스트레스로 인한 일시적 증상이 아니라고 보시는 건가요?"

"아니라고 봅니다. 아이는 아직 자신에게 일어난 일을 몰라요. 자신이 가족 중 유일한 생존자라는 사실도 마찬가지고요. 기차가 자동차와 충돌하는 순간의 소음 세기는 140데시벨에 육박합니다. 청각 기관을 완전히 파괴하고도 남죠."

"평생 못 들을 수도 있다는 뜻인가요?"

"그럴 수도 있겠죠. 하지만 인간의 뇌는 손상된 기능도 다시 회복시킬 수 있는 능력이 있어요. 그러니 너무 섣불리 판단하진 맙시다. 우리는 환자의 전반적인 건강에 집중하는 게 좋겠어요. 그건 그렇고, 치료사님, 세르히의 친척이나 보호자에 대해 알아낸 게 있나요?"

짧은 백발에 키가 큰 치료사가 자리에서 일어났다. 그러고는 걱정스러운 목소리로 말했다.

"안 좋은 소식이에요. 세르히를 제외한 모든 사람이 사망했고, 가까운 친척은 없어요. 멀리 외할아버지 쪽으로 형제분이 있기는 한데, 후견을 거절했어요. 회복되면, 세르히는 특수 기숙 학교에 가야 할 거예요."

병원 전체가 세르히의 비극에 대해 알고 있었다. 모두가 세르히를 가엾게 여겼고, 그에게 좋은 일이 생기기를 바랐다. 회의를 마친 치료사가 회의실에서 나가자 밖에 있던 간호조무사가 치료사에게 다가와 낮은 목소리로 물었다.

"혹시 무슨 소식 있어요? 고아가 된 그 불쌍한 소년은 앞으로 어떻게 된대요?"

"글쎄요, 잘 모르겠네요."

치료사가 두 팔을 벌려 양쪽 손바닥을 내보이고는 말을 이었다.

"정말 불쌍해 죽겠어요. 거기다 뇌까지 일부분 손상되어서……."

그러자 간호조무사가 슬픈 표정으로 고개를 저으며 말했다.

"아이고, 저런. 불쌍하기도 하지. 하지만 누가 알겠어요? 어쩌면 안 들리는 게 더 나을 수도 있어요. 텔레비전을 틀거나 거리에 한 번 나가 보세요. 사람들이 얼마나 험악하고 못된 말을 하는지. 우리 막내 손자도 학교나 길거리에서 그런 끔찍한 말을 종종 들어요. 무슨 말인지는 내가 차마 여기서 옮길 수도 없겠네요. 이제 겨우 일곱 살인데, 뭐라는 줄 아세요? 세상에나, 남사스러워서. 다른 사람들이 지껄이는 못된 말을 듣고 그냥 따라 하는 거예요. 그래서 전 말이죠, 가끔 이런 생각을 해요. 그런 말도 안 되는 소리를 앵무새처럼 따라 하느니 차라리 안 들리는 게 낫겠다고 말이죠."

그러자 치료사가 끼어들었다.

"에이, 무슨 말씀이세요. 일곱 살이면 그런 나쁜 말을 이해하기에 너무 어려요. 평화롭고 문명적인 방식으로 의사소통하는 부모 밑에서 자란 아이는 절대 비뚜로 나가지 않아요. 시간이 지나면 손자도 말뜻을 이해하고 모든 게 정상으로 돌아올 거예요. 그러니까 너무 걱정하지 마세요. 그나저나 세르히가 너무 안됐어요. 훌륭한 음악가가 될 수도 있었는데, 지금 이게 무슨 일이랍니까?"

"그러게 말이에요."

간호조무사는 땅이 꺼질 듯 한숨을 내쉰 뒤, 어두운 복도 속으로 사라졌다.

세르히는 조금씩 회복되고 있었다. 하지만 목소리와 청력은 돌아오지 않았다. 치료사는 매일 세르히의 상태를 확인했다. 그리고 세르히에게 짧은 글을 써 주었다. 그날 있었던 사고에 관한 설명과, 가족들도 상태가 심각해 다른 병동에 있다는 이야기였다. 그리고 세르히가 다시 걷게 되면 반드시 가족을 볼 수 있을 거라고도 썼다.

한 달 뒤, 세르히는 목발과 치료사의 팔에 의지해 처음으로 침대에서 싱크대까지 걸어갔다. 치료사는 세르히의 침대 가장자리에 앉아 한숨을 내쉬었다. 이제 끔찍한 진실을 알려 줄 때가 된 것이다.

세르히는 그동안 말하는 사람의 입술을 읽고 말뜻을 이해하는 법을 배웠다. 하지만 치료사는 이번에도 종이를 가져와 적었다.

'세르히, 힘내. 부모님과 여동생은 교통사고에서 살아남지 못했어. 정말 유감이구나. 미안해.'

세르히는 그 글을 몇 번이고 다시 읽었다. 절망과 비통함으로 소리를 왁왁 내지르고 싶었지만 마비된 성대에선 실낱같은 소리도 나오지 않았다.

그로부터 두 달 뒤, 세르히는 완전히 회복되었다. 하지만 고향으로 돌아가지 않았다. 먼 친척 중 그 누구도 세르히를 맡겠다고 나서는 사람이 없었기 때문이다. 학교 친구들도 그해 여름 가족과 함께 나섰다가 교통사고를 당한 세르히의 이야기를 더는 하지 않았다. 아이들의 기억력은 그 정도로 좋지 못했다.

9월 말, 세르히는 농인 아이들을 위한 기숙 학교로 들어갔다.

새로운 집

세르히가 기숙 학교에 도착한 건 모든 학생이 수업에 들어간 아침이었다. 세르히는 건강 검진 뒤 어느 방으로 안내를 받았다. 그곳은 앞으로 꽤 오랫동안 세르히의 집이 될 곳이었다. 방에는 침대 네 개, 의자와 작은 탁자 몇 개, 그리고 옷장과 텔레비전, 진홍색 깔개가 놓여 있었다. 누군가 봤다면 여느 아이들의 방과 비슷하다고 했을 것이다. 아주 작은 차이를 발견하기 전까지는 말이다. 이 방의 각 물건에는 그 이름이 적힌 메모지가 붙어 있었다. 농인 아이들이 글자를 익히는 걸 돕기 위해서였다.

세르히가 모든 짐을 푸는 걸 도운 나탈리아 이바니우나 선생님은 세르히를 데리고 다니며 학교를 안내해 주었다. 캠퍼스에는 학교 건물과 행정 건물, 그리고 기숙사가 있었다. 기숙사에는 4인용 방 여러 개와 화장실, 샤워실, 휴게실이 있었고 남자 기숙사와 여자 기숙사가 따로였다. 나탈리아 선생님은 세르히를 학생들이 가장 좋아하는 장소인 식당과 체육관으로 데려가기로 했다. 두 사람은 체육관 입구에서 키가 작고 다부진 중년 남자를 만났다.

"누구예요? 전학생?"

남자가 묻자 나탈리아 선생님이 대답했다.

"여기는 세르히. 듣거나 말을 할 수 없고, 아직은 입술도 잘 읽지 못해요."

"괜찮아요. 앞으로 배우면 되죠."

남자가 쾌활하게 말했다. 그러고는 세르히가 자신의 얼굴을 볼 수 있도록 고개를 약간 옆으로 기울인 뒤 또박또박 천천히 말했다.

"안녕, 나는 미콜라 바울로비치야. 연구 책임자이자 청각 전문가지. 학생들에게 말하는 법과 입술을 읽는 법, 그리고 수어로 대화하는 법을 가르치고 있단다. 너는 세르히라고? 내가 무슨 말을 하는지 알겠니?"

세르히는 이해했지만 별 관심이 생기지 않았다. 그저 안뜰이 보이는 창문 쪽으로 고개를 돌렸다.

나탈리아 선생님이 한숨을 내쉬며 말했다.

"아마 힘들 거예요. 자, 여기. 의료위원회의 평가서예요."

미콜라 선생님은 세르히의 개인 서류가 들어 있는 폴더를 쭉 훑어보았다.

"그러네요. 흔한 경우는 아니군요. 가능한 한 빨리 수어를 배워야겠어요. 다른 아이들과 의사소통이 가능해지면 외롭지 않을 거예요.

당장 오늘부터 시작해야겠어요. 이따 오후 3시에 세르히를 제 수업에 넣어 주세요."

학교 건물은 식당 맞은편에 있었다. 수업이 끝나자 학생들이 밖으로 뛰쳐나왔다. 농인들끼리 대화하는 모습을 본 건 세르히 인생에서 처음이었다. 태어날 때부터 음악 소리에 둘러싸여 자랐는데, 지금은 적막만 감돌고 있었다. 세르히의 눈앞에서 현란하게 뒤얽히는 손가락과 손바닥들에 음악은 자기 자리를 내주고 말았다. 그 순간, 세르히는 시간만 나면 바이올린을 켜던 엄마와 클라리넷을 불던 아빠, 그리고 아침마다 칭얼대고 보채던 동생 이린카가 몹시도 그리워졌다. 세르히는 감정을 주체하지 못하고 눈물을 줄줄 흘렸다.

식당 문이 열리고 배고픈 아이들이 우르르 들어왔다. 나탈리아 선생님과 미콜라 선생님은 금세 세르히를 잊고 학생들을 질서 정연하게 만들려고 애썼다. 당번인 학생들이 식탁을 차리기 시작했다. 그때 고등학생 한 명이 창문가에서 울고 있는 세르히를 발견하고는 다가가 소매를 잡아당기며 주의를 끌었다. 세르히가 고개를 돌리자, 고등학생은 수어로 진정하라고 했다. 하지만 세르히는 겁을 먹고 도망쳤다. 가능한 한 여기서 멀리 도망치고 싶었다. 하지만 어디로 갈 수 있을까? 세르히를 원하는 사람은 이 세상에 아무도 없었다. 세르히는 울타리 옆에 주저앉았다. 울타리는 이 세상을 둘로 나누고 있었다. 세르히가 더는 속하지 않은, 소리로 가득한 세상과 아직 속하지 못한, 심지어 속하고 싶지도 않은 적막의 세상으로.

그때 커다란 초록색 트럭이 울타리 바깥의 고속도로를 따라 달렸다. 순간 그 끔찍했던 장면이 떠오르면서 세르히가 움찔했다. 세르히는 벌떡 일어나 울타리를 오르기 시작했다.

'왜 나만 버리고 간 거야?'

세르히의 마음속에 쓰디쓴 원망이 차올랐다.

'엄마랑 아빠, 이린카는 천국에 가 있을 텐데, 왜 나만 여기서 이렇게 고통받아야 해? 말도 통하지 않는 이 낯선 아이들 틈에서.'

세르히는 울타리 기둥에 기어올라 서서 다른 트럭이 지나가길 기다렸다. 그때 미콜라 선생님이 고속도로로 뛰어들려고 하는 세르히를 발견했다. 그는 운동과는 거리가 먼 사람이었지만 마치 운동선수처럼 울타리를 향해 전속력으로 달렸다. 그러고는 세르히의 발을 잡고 아래로 끌어 내린 뒤 소리쳤다.

"뭐 하는 거야!"

세르히가 몸을 일으키자마자 미콜라 선생님은 세르히의 어깨를 잡고 흔들며 말을 이었다.

"죽든 말든 상관없다는 거야, 그런 거야?"

세르히는 조용히 눈물을 삼켰다. 그리고 코로 숨을 몰아쉬며 주먹을 불끈 쥐었다. 미콜라 선생님이 진정하고 세르히를 꼭 안아 주었다.

"불안해하지 마. 시간이 지나면 적막의 세계도 소리의 세계 못지않게 아주 매력적이라는 걸 알게 될 테니까."

미콜라 선생님은 세르히의 눈을 똑바로 보며 말을 이었다.

“그리고 잊지 마. 사람은 누군가가 그 사람을 기억하는 만큼 오래 사는 거야. 무슨 말인지 알겠니? 너는 살아야 해. 그래야 심장이 뛰는 동안 사랑했던 사람들이 네 가슴속에서 살아 있지. 알겠니?”

세르히가 고개를 끄덕였다.

“그래, 그거야.”

미콜라 선생님이 희미하게 미소 지었다.

“이제 나랑 가서 점심 먹자. 조금 있으면 우리의 첫 수업이 시작될 거야.”

수업 시간, 미콜라 선생님이 칠판에 단어들을 쭉 쓴 다음 수어와 함께 그 의미를 설명했다.

“자, 봐. 그렇게 복잡하지 않아. 네가 들을 수 있을 때 사용했던 간단한 수어만 해도 이렇게 수십 가지나 된단다. ‘나’, ‘너’, ‘좋아’, ‘싫어’, ‘여기’, ‘이리 줘’, ‘돈’ 같은 거 말이야. 앞으로 점점 더 많이 배울 거야. 만약 어떤 단어를 표현하는 수어가 없다면, 손가락으로 그 단어의 철자를 쓸 수도 있지.”

선생님이 칠판에서 커다란 도표를 꺼냈다. 여러 가지 형태로 꼬여 있는 손가락과 손바닥 사진들이었다.

“농인을 위한 알파벳이야. 이걸 알고 있으면 어떤 단어라도 손가락으로 철자를 쓸 수 있지. 이것만 이해하고 외우면 돼. 자, 세르히,

악보 보는 것보다 훨씬 쉬울 거야."

수업이 끝난 후, 나탈리아 선생님은 세르히에게 룸메이트인 안드리와 볼로디아를 소개해 주었다. 안드리의 부모는 듣는 데 어려움이 있었다. 안드리는 태어날 때부터 거의 아무 소리도 듣지 못했는데, 그래도 보청기를 끼면 큰 소리는 간신히 들을 수 있었다. 또 말은 못하지만, 입술 읽기는 정말 잘했다. 한편 볼로디아는 태어났을 땐 청력에 문제가 없었지만 두 살 때 뇌막염을 앓은 뒤 거의 듣지 못하게 되었다. 기숙 학교 학생들의 절반 이상은 질병으로 인한 합병증으로 청력을 잃었다. 볼로디아는 느리긴 해도 말을 잘했다. 그리고 보청기를 끼면 전화 통화도 가능했다.

나탈리아 선생님이 나가자, 안드리와 볼로디아는 세르히에게 어떤 사람인지, 어디서 왔는지를 물어대기 시작했다. 세르히는 무슨 뜻인지 이해할 수 없었다. 그래서 그냥 침대에 누워 벽 쪽으로 몸을 돌리고 자는 척했다. 전혀 대화하고 싶은 기분이 아니었다. 그들은 세르히에게 낯선 사람들이었다. 꼭 다른 행성에서 온 외계인 같았다. 지금은 자신도 그들과 같은 외계인이라는 사실을, 세르히는 받아들이고 싶지 않았다.

취침 시간은 밤 10시였다. 당직 선생님이 방의 불을 끄고 나가자 안드리와 볼로디아가 침대에 앉아 휴대폰을 켜고 화면으로 얼굴을 비췄다. 그렇게 하면 서로를 보며 대화를 계속할 수 있었다. 세르히는 두 사람을 지켜보았다. 미콜라 선생님과 수업을 한 뒤여서 몇 가지 수어는 이해할 수 있었다. 안드리와 볼로디아는 분명 부모님 이야기를 하고 있었다. 손바닥을 편 상태에서 수직으로 세워 입술의 오른쪽 끝과 왼쪽 끝을 한 번씩 툭툭 치는 건 '엄마'를 나타내고, 이마와 턱을 툭툭 치는 건 '아빠'를 나타내는 것이었는데, 두 사람이 이런 손 모양을 자주 했기 때문이다.

세르히는 다시 씁쓸해졌다.

'그래도 쟤들이 나보다 낫네. 듣지는 못하지만, 적어도 엄마랑 아빠가 있으니까 말이야. 주말이 되면 집으로 갈 거 아니야.'

세르히는 무거운 한숨을 내쉬며 벽으로 돌아누웠다. 그리고 잠시 후 잠이 들었다. 꿈속에서 세르히는 또다시 자동차 뒷좌석에 앉아 있었다. 그리고 바퀴 아래로 불꽃을 튀기며 고막을 찢는 굉음과 함께 자신을 향해 돌진해 오는 거대한 기차를 겁에 질린 채 무력하게 바라보았다.

비티옥

다음 날 세르히는 처음으로 새 학년 수업을 듣기 위해 책상에 앉았다. 수업을 시작하기 전, 나탈리아 선생님은 세르히를 교실 앞쪽으로 불러냈다. 그리고는 반 아이들을 향해 천천히 말했다.

“얘들아, 우리 반에 새로 온 학생이란다. 이름은 세르히. 그리고 세르히, 여기는 네 새로운 친구들이야. 안드리와 볼로디아는 이미 만났고, 이제 여자 친구들도 만나 보렴. 카트루시아, 마리치카, 이방카란다.”

여자아이들이 세르히에게 수어로 인사하며 키득키득 웃었다. 하지만 세르히는 여자아이들이 키득거리든 말든 신경 쓰지 않았다. 교실에는 빈 책상이 두 개 있었다. 세르히는 그중 하나에 앉아 창밖을 내다보았다. 그리고 이따금 선생님 쪽을 힐끔 쳐다보았다. 선생님은 분필 가루가 묻은 손으로 칠판에 글을 쓰거나 수어로 내용을 설명하며 교과 진도를 나가려 애쓰고 있었다.

수업이 끝나자 선생님이 세르히에게 남아 달라고 부탁했다. 선생님은 세르히 옆에 앉아 종이에 이렇게 썼다.

'따라올 수 있겠니? 내가 진도를 너무 빨리 나가니?'

세르히는 고개를 가로저었다. 사실, 아무래도 상관없었다. 선생님이 내 준 숙제나 문제 풀이를 할 생각이 없었기 때문이다.

'이미 수업을 한 달이나 빼먹었어. 따라잡으려면 보충 수업을 몇 시간 더 해야 할 거야.'

세르히가 또 고개를 가로저었다.

'왜? 공부하고 싶지 않아?'

세르히는 펜을 쥐고 이렇게 적었다.

'부모님은 음악가셨어요. 부모님의 부모님들도요. 저는 5년 동안 음악 학교에 다녔고, 부모님은 제가 커서 유명한 피아니스트가 되기를 바라셨죠. 저는 음을 완벽하게 칠 수 있었어요. 그런데 지금은 어떤 음도 들을 수 없어요. 이런데도 계속 공부를 해야 한다는 거예요?'

'그래도 포기하지 마. 세상엔 음악 하나만 있는 게 아니야. 다른 직업도 많아. 너의 잠재력을 발휘할 기회가 얼마나 많은데.'

세르히가 손을 저었지만, 선생님은 계속해서 이렇게 썼다.

'작년에 우리 학교 학생 중 하나가 국제 미술 대회에서 우승했어. 그림을 얼마나 잘 그리는지 몰라. 지금은 교육 대학에서 공부하고 있는데, 언젠가 이 기숙 학교로 돌아와 여기서 아이들을 가르치는 게 꿈이란다. 무슨 이야기인지 알겠니?'

세르히는 뭐라 대꾸하고 싶었지만, 칠판 위에 달린 조명이 반짝이며 다음 수업이 곧 시작된다는 신호를 보냈다. 선생님이 세르히의 머리카락을 헝클어트리며 열정적으로 말했다.

"절망하지 마. 좋아질 테니까. 분명 그렇게 될 거야."

점심시간, 식당에서 세르히에게 당혹스러운 사고가 벌어졌다.

세르히가 다 먹은 식판을 반납하려는데, 누군가가 세르히에게 발을 걸었다. 세르히는 식당 한가운데 나동그라졌다. 바지와 셔츠가 먹다 남은 보르시(비트 뿌리를 넣고 끓인 붉은색 스프—옮긴이) 국물로 여기저기 벌겋게 얼룩졌다. 세르히가 자리에서 일어나자, 덩치 큰 남자아이가 바로 앞에서 엉덩이를 쭉 내민 채 그 위에 손을 얹고 낄낄대며 웃고 있었다. 주변을 둘러보니 다른 아이들도 세르히를 비웃고 있었다. 몇 달 동안 세르히의 가슴속에 쌓여 있던 분노가 마침내 밖으로 터져 나왔다.

세르히는 다 먹은 식판을 쌓아 둔 쟁반을 집어 들고 덩치 큰 남자아이에게 던졌다. 그릇과 숟가락, 포크가 타일 바닥 위에 흩어졌다. 선생님들이 소란스러운 소리를 듣고 달려왔지만 남자아이는 이미 세르히를 바닥에 넘어트리고서 그 큰 주먹을 휘두르고 있었다.

제일 먼저 도착한 급식 조리사가 남자아이를 붙잡고 세르히에게서 떼어 내며 소리쳤다.

"빅토르! 이게 무슨 짓이야. 애는 그냥 내버려 두라고! 어린애들이

나 괴롭히면서, 네가 무슨 영웅이라도 된 것 같아?"

빅토르는 조리사의 손아귀에서 벗어나려 애썼지만, 그럴수록 조리사는 힘을 더 꽉 주었다. 빅토르가 분노를 주체 못 하고 소리를 바락바락 질렀다.

"이제 다 죽었어! 나를 건드리면 우리 조직도 가만있지 않아! 시내에 나오기만 해 봐, 다 죽여 버릴 거야!"

니나 선생님이 의기소침해 있는 세르히를 안아 주고는 옷을 갈아입으라며 방으로 이끌었다. 기숙사로 가는 길에 두 사람은 행정 건물을 지나쳤다. 교장실에서 창문을 열고 담배를 피우던 교장 선생님이 물었다.

"무슨 일인가요?"

그러자 니나 선생님이 울먹이는 목소리로 대답했다.

"아, 정말이지! 빅토르는 언제 졸업해서 이 학교를 떠난대요? 만날 어린애들을 괴롭히고, 우리 말은 듣지도 않아요. 교장 선생님, 어떻게 좀 해 보세요."

교장 선생님이 담배를 비벼 끄며 한숨을 내쉬었다. 그러고는 화가 난 듯 침을 탁 뱉으며 말했다.

"저도 어떻게 해야 할지 모르겠군요. 이건 다 유전자 탓이에요. 빅토르의 엄마, 마리야도 녀석이랑 똑같았어요. 저는 다 기억해요. 마리야가 여기 있을 때 어땠는지. 덕분에 두통을 달고 살았지요."

"그게 언제였죠?"

"꽤 오래됐어요, 90년대였으니까. 선생님은 잊어버렸을 수도 있어요. 참, 그때 힘들었죠. 아이들에게 줄 음식도, 돈도 없었으니까요. 저는 도움을 요청하려고 관련 기관과 부서들을 닥치는 대로 찾아다녔어요. 어떤 곳은 기부금을 주었고, 또 어떤 곳은 옷이나 학용품을 사 주었지요. 저는 심지어 식료품점에까지 가서 아이들에게 먹일 식재료를 부탁해야 했어요. 아, 그 시절을 떠올리기만 해도 참 힘드네요. 아무튼, 당시 기숙 학교 학생들은 추위와 배고픔에 시달리고 있었어요. 그런데도 마리야는 화려한 옷을 걸쳤고 언제나 고급 사탕을 입에 물고 있었지요. 마리야는 고아였어요. 그런 것들을 다 어디서 얻었을까요? 마리야는 이따금 3, 4일씩 사라졌다가 아무 일도 없었다는 듯 돌아왔어요. 주머니에 잔돈을 잔뜩 찔러 넣고서요."

"어딘가에서 훔친 걸까요?"

"그런 것 같아요. 마리야는 젊은 도둑들과 어울렸어요. 그리고 졸업하자마자 결혼해서 빅토르를 낳았지요. 남편도 농인이었어요. 기차에서 작은 조각상이나 기념품 같은 걸 팔았다는데 그중에 대마초도 있었다네요. 남편은 붙잡혀서 감옥에 갔고, 거기서 사망했어요. 술에 취해 패싸움을 벌이다가요. 마리야는 슬슬 사기꾼과 도둑들을 불러 모으기 시작했어요. 그런데 이렇게까지 말하는 사람도 있어요. 마리야가 농인 여자아이들을 몰래 해외로 빼돌려 성매매 업소에서 일하게 한다고요. 물론 거짓 소문일 수 있어요. 하지만……."

"경찰은 왜 가만히 있는 거죠?"

"그냥 손대고 싶지 않은 거예요. 한번은 경찰이 도난품과 밀수품이 거래되는 현장을 덮쳐 마리야 일당을 현행범으로 체포했어요. 그런데 누군가가 기자들을 고용해 기사를 쓰게 했고, 기자들은 취재도 하지 않은 채 외국 신문에 보도를 냈어요. 우리 경찰이 실제 범죄자들을 쫓는 대신 장애가 있는 가난한 사람들을 협박하고 있다고요. 파문이 일자 경찰은 결국 마리야를 풀어 주고 상황을 정리했어요. 그 이후로 경찰은 마리야의 악행을 못 본 체하고 있어요. 그렇게 하지 않으면 더 큰 문제가 발생할 수 있다고 생각하니까요. 마리야는 이 어둡고 수상한 거래를 무척 마음에 들어 하고요. 빅토르는 그 과정을 전부 보면서 자랐어요. 이제 열아홉인데, 아직 말도 제대로 못하고 있지요."

"그렇다면 더더욱 이 학교에 다녀야 할 이유가 없지 않나요? 엄마가 저러고 있으니, 시장에서 협잡꾼으로 자랄 게 뻔하잖아요. 교장 선생님의 권한으로 그냥 쫓아내면 안 될까요? 빅토르는 학교 전체를 위협하고 있어요. 고등학생들조차 무서워한다고요. 돈을 빼앗고, 주먹질하고……."

"네, 네, 저도 알고 있습니다."

교장 선생님이 중간에 끼어들었다.

"하지만 누구도 감히 빅토르의 악행을 공개적으로 증언하지 않을 거예요. 목격자 증언이나 서면 진술이 없으면 경찰은 사건을 조사하지 않을 테고요. 증언이나 진술 없이 함부로 나섰다간 빅토르 엄마가 또 난리를 칠 게 뻔하니까요. 농인들에겐 그들만의 세계와 규칙이 있어요. 우리 학생들도 잘 알고 있지요. 졸업 후 자신들이 갈 수 있는 곳은 공사 현장이나 시장밖에 없다는 걸요. 그런데 이런 곳들을 마리야가 꽉 잡고 있어서 학생들은 이렇게 얘기해요. 지금 버티지 않으면 나중에 더 힘들어질 거라고요. 솔직히 이런 말 하면 안 되겠지만, 저는 빅토르랑 마리야가 감옥에 들어가서 그냥 오랫동안 안 나왔으면 좋겠어요."

교장 선생님이 신경질적으로 빠르게 말해 세르히는 거의 알아들을 수 없었다. 하지만 교장 선생님의 표정에서 중요한 힌트를 얻었다. 식당에서 자신에게 주먹을 날렸던 그 덩치 큰 녀석을 멀리해야겠다는 것이었다. 니나 선생님은 어깨를 한 번 으쓱해 보인 뒤 세르히가 옷을 갈아입을 수 있도록 손을 잡고 방으로 데려갔다.

그날은 미콜라 선생님이 야간 당직을 서는 날이었다. 그래서 선생님은 저녁 늦게 세르히와 수업 약속을 하나 더 잡았다. 두 시간 동안의 수업이 끝난 뒤, 세르히는 너무 피곤해서 최대한 빨리 침대로 가 쓰러져 자야겠다는 생각밖에 들지 않았다. 하지만 세르히의 바람은 이루어지지 않았다.

모두가 잠든 자정 무렵, 심지어 미콜라 선생님마저 방에서 꾸벅꾸벅 졸고 있을 때 6학년 기숙사 방문이 삐걱 열렸다. 친구들 사이에선 '비티옥'으로 통하는 빅토르가 그 앞에 서 있었다. 비티옥은 휴대폰 화면을 켜고 방을 가로질러 걸어갔다. 그러고는 세르히의 머리 위로 담요를 던진 뒤 그 위에다 마구 주먹질을 하기 시작했다. 세르히는 깜짝 놀라 잠에서 깼다. 처음 몇 초 동안은 무슨 일인지 전혀 알 수 없었다. 꿈속의 그 기차가 뼈를 으스러트리고 있는 건가?

아니면 꿈이 아닌 건가?

세르히가 몸부림치다 바닥으로 떨어졌다. 세르히는 왼쪽, 오른쪽으로 이리저리 몸을 굴렸다. 그러면서 으르렁거리는 소리에 가까운 신음을 냈다. 안드리와 볼로디아는 밤에 보청기를 꺼 둬서 쿵쿵거리는 소리와 신음을 들을 수 없었다. 마침내 세르히가 머리에서 담요를 벗겨 냈다. 그러자 비티옥이 세르히의 목을 움켜쥐고 휴대폰으로 자신의 얼굴을 비추며 사나운 목소리로 말했다.

"내가 이겼어. 돈 내놔. 알았어?"

세르히는 여전히 혼란스러웠고, 비티옥이 하는 말을 이해할 수 없었다. 비티옥은 세르히를 침대로 밀어트린 뒤 세르히의 주머니에 손을 쑤셔 넣었다. 하지만 주머니에는 돈도, 귀중품도 없었다. 비티옥이 화가 나서 씩씩댔다.

"돈 없으면, 빨래해. 알았어?"

세르히는 고개를 저었다. 여전히 무슨 말인지 이해할 수 없었다. 그러자 비티옥이 양말을 벗어 세르히의 코밑으로 들이밀었다. 세르히가 뒤로 물러나다 벽에 머리를 찧었다. 비티옥은 세르히를 끌고 싱크대로 갔다. 그리고 양말을 싱크대에 던져 넣고는 어떻게 해야 하는지를 직접 보여 주었다. 세르히는 너무 무서워서 이 공포를 끝내기 위해 비티옥이 시키는 건 뭐든 해야겠다고 생각했다. 그래서 눈물을 삼키고 양말을 물에 담근 다음 비누로 문질렀다. 비티옥이 씩 웃었다. 그러면서 생각했다. '똘마니 몇 명을 데리고 와서 시범을 보여 주었다면 더 좋았을 텐데.' 비티옥은 깨끗해진 양말을 가져가며 말했다.

"앞으로 내 양말 네가 빨아. 알겠어? 아니면 돈 내놔. 한 달에 100흐리벤. 아니면 또 때려 준다."

푸르스름한 휴대폰 불빛이 비친 비티옥의 얼굴은 꼭 잔뜩 찌푸린 뱀파이어의 얼굴 같았다.

비티옥이 떠난 후 세르히는 터벅터벅 침대로 걸어갔다. 그 어느 때보다 더 큰 무력감이 들었다. 아빠가 생각났다. 살아 있었다면 세르히를 지켜 주었을 것이다. 세르히는 울고 싶었지만, 눈물샘이 사막처럼 바짝 말라 있었다. 이미 지난 몇 달 동안 눈물이란 눈물은 다 쏟아 내 버린 것이다.

날이 어두워지고 있었다. 세르히는 천천히 공원을 걸었다. 음악 학교에서 집으로 가는 길이었다. 아빠가 데리러 오기로 했지만 일이 늦게 끝나 세르히 혼자 걷고 있었다. 집에 가면 또 수학과 지리 숙제를 해야 했다. 발밑에서 낙엽이 부드럽게 바스락거렸다. 그때 갑자기 등 뒤에서 누군가의 목소리가 들렸다.

“어이, 거기, 뭐가 그리 급한가?”

세르히가 고개를 돌렸다. 나무 뒤에서 그림자 셋이 미끄러져 나왔다. 세르히는 뒤로 물러섰지만, 그들은 재빨리 세르히를 둘러쌌다. 전부 10대 후반으로 보였다. 무리의 대장은 건장한 체격에 키가 2미터는 되어 보였는데, 담배꽁초를 퉤 뱉더니 이를 으드득 갈며 말했다.

“돈 내놔, 안 그러면 얻어맞을 줄 알아.”

겁에 질린 세르히가 악보 폴더를 가슴에 꼭 끌어안았다. 도망치기엔 너무 늦었다. 그렇다고 1대 3으로 싸우는 건 영화에서나 볼 수 있는 장면이었다.

“돈 없어요.”

세르히가 중얼거렸다.

“돈이 없다고? 칫, 어디 한번 보자고! 너는 맞아도 안 아픈가 봐? 그렇지?”

무리의 대장이 세르히에게 다가와 멱살을 잡았다. 세르히는 공포에 질려 생각했다.

‘제발! 손은 안 돼! 내일모레 연주회가 있는데, 다치면 어떻게 연주하지?’

세르히는 날아올 주먹을 상상하며 눈을 감고 몸을 움츠렸다. 그런데 주먹이 날아오는 대신, 무시무시한 목소리가 들렸다.

“이봐, 너! 걔한테서 떨어져! 당장!”

불량배들이 뒤를 돌아보았다. 세르히도 눈을 떴다. 그리 멀지 않은 곳에서 세르히의 아빠가 한 손에 녹슨 철근을 든 채로 서 있었다. 세르히는 아빠 목소리조차 알아채지 못했다. 무리의 대장은 세르히의 아빠보다 키도 크고 힘도 셌지만, 옆으로 물러서서 두 손을 치켜들며 말했다.

"아저씨, 진정하세요. 우리는 그냥 농담하고 있던 거예요. 그런데 아저씨야말로 그 막대기를 들고 미친 사람처럼 휘두르려고 하잖아요."

"그래? 그럼 내가 진짜로 미치는 꼴 한번 볼래?"

세르히의 아빠가 씩씩대며 말을 이었다.

"맥주 살 돈이 없어서 애들한테 돈이나 뜯는 거야? 어? 당장 여기서 꺼지지 않으면, 네 등에 몽둥이찜질을 아주 제대로 해 주지!"

다른 두 명은 허겁지겁 덤불 사이로 도망쳤다. 하지만 무리의 대장은 서두르지 않았다. 덤불 쪽으로 뒷걸음질 치면서 화가 난 듯 침을 탁 뱉더니 낮게 으르렁거렸다.

"이런 제길, 어디 두고 보자고. 손에 그 몽둥이가 없을 때……. 어디 한번……."

불량배들이 나무 뒤로 사라지자 세르히가 달려가 아빠를 꼭 안았다.

"여긴 어쩐 일이에요? 오늘 늦게 끝난다고 하지 않았어요?"

"일찍 보내 주더라고. 그래서 너를 따라잡으려고 서둘렀지. 직감으로 알았나 봐."

"너무 무서웠어요. 제 팔을 어떻게 할까 봐요. 그래서 더는 연주를 할 수 없게 될까 봐 무서웠어요."

아빠가 세르히의 머리를 헝클어트리며 자랑스럽다는 듯 말했다.

"아니야, 잘했어. 너는 침착하게 행동했고, 울지도 않았잖아."

"아빠도요. 겁을 줘서 얼른 쫓아냈잖아요! 저는 아빠가 '람보' 같은 사람인 줄 몰랐어요."

그러자 아빠가 미소 지으며 알 듯 말 듯한 말을 했다.

"내가 어렸을 때 클라리넷만 연주한 줄 아니? 가끔은 나 자신을 지키기 위해 방어해야 할 때도 있었단다."

누군가가 세르히의 옆구리를 쿡 찔렀다. 눈을 떠 보니 룸메이트인 안드리였다.

"일어나. 아침 먹을 시간이야."

안드리가 수어로 일러 주었다.

'꿈이었구나, 그냥 꿈. 아빠는 이제 없어. 이제 다시는 나를 구하러 오지 못할 거야.'

세르히가 한숨을 푹 쉬고 침대에서 느릿느릿 나왔다.

야린카

한 달이 지났다. 비티옥은 학교에 나타나지 않았는데, 집에 무슨 문제가 생긴 모양이었다. 세르히는 다행으로 여겼다. 그 녀석을 떠올리기만 해도 다리가 젤리처럼 흐물거리는 것 같았기 때문이다.

미콜라 선생님과 매일 했던 수업은 헛되지 않았다. 세르히는 수어를 조금 더 할 수 있게 되었다. 하지만 수어로 대화할 마음의 준비가 되지 않아 가능한 한 사람들과 떨어져 혼자만의 시간을 보냈다.

기숙 학교의 교육 과정은 일반 학교와 똑같았다. 차이점이 있다면 농인 아이들에게 맞춰 전달 방식이 약간 다르다는 것뿐이었다. 아이들은 외국어도 배웠다. 세르히는 미콜라 선생님에게 왜 외국어를 배워야 하는지 물었고, 선생님은 이렇게 대답했다.

"너도 알겠지만, 수어라고 해서 다 똑같지는 않아. 나라마다 다르지. 어떤 나라에는 수어가 여러 개 있기도 해. 영국 농인은 미국 농인의 수어를 이해하지 못할 거야. 두 나라 다 영어를 쓰지만, 사용하는 수어는 서로 다르거든. 오히려 미국 농인은 프랑스 농인의 수어를 알아들을 수 있을 거야. 둘이 수어가 비슷하거든."

"하지만 저는 외국에 나갈 일이 없어요."

세르히가 따지자 미콜라 선생님이 미소 지으며 대답했다.

"나중에 훌륭한 음악가가 되어서, 다른 나라에서 공연해 달라고 초대하면?"

세르히는 어깨를 한 번 으쓱해 보인 뒤 손을 휘 내저었다.

세르히는 일상적인 의사소통을 할 때 필요한 아주 기본적인 수어들을 빠르게 익혀 나갔다. 특히 움직임이나 행동, 방향을 나타내는 수어 습득이 빨랐다. 또 세르히는 수어와 함께 간단한 표정으로 슬픔이나 기쁨, 놀라움 같은 감정을 표현할 수 있게 되었다. 교실과 복도, 식당, 기숙사 침대 위에 걸린 그림 도표들은 세르히가 수어를 외우는 데 도움을 주었다.

특정 단어나 행동을 나타내는 수어 외에도, 손가락 모양으로 문자를 나타내는 '지문자'도 꾸준히 연습했다. 모든 단어가 손 모양 하나로 대체될 수는 없었다. 이름 같은 특정 용어라면 더욱 그랬다. 그래서 손가락으로 문자를 만들어야 했는데, 그중 일부는 간단해서 이해하기 쉬웠다. 예를 들어, 'O'는 미국 영화에 자주 등장하는 'OK' 손 모양과 비슷했다. 'Г' 역시 기억하기 쉬웠다. 엄지와 검지를 갈고리 모양으로 만들면 되는데, 사람들이 흔히 총을 나타낼 때 이런 손 모양을 했다. 일부 지문자는 실제 문자와 매우 비슷하게 생겼다. 'Л'는 검지와 중지만 펴서 벌린 채 아래로 향하게 하면 되었고, 'M'은 검지와 중지, 약지를 펴서 벌린 채 아래로 향하게 하면 되었다. 이 상태에서 그대로 검지, 중지, 약지를 모아 붙이면 'T'가 되었고, 이것을 그대로 들어 올리면 'Ш'가 되었다. 몇몇 지문자는 허공에 글자를 그리기도 했다. 예를 들어, 'Д'는 허공에 동그라미를 그렸고, '3'는 지그재그를 했다. 어떤 지문자는 전혀 알파벳 문자처럼 보이지 않았다. 'A'는 그냥 주먹을 쥐면 되었고, 'B'는 손바닥을 쫙 펼치면 되었다.

하지만 세르히는 이 지문자들을 전부 외우는 것보다 문자를 하나씩 빠르게 보여 주는 게 더 어렵다는 걸 알게 되었다. 손이 뒤죽박죽 엉망으로 꼬일 때마다 세르히는 긴장했다. 미콜라 선생님이 괜찮다며 세르히를 다독였다. 그러면서 세르히는 손가락이 유연하고 빠르니 친구들과 더 자주 소통해 요령을 익히면 금방 괜찮아질 거라고 말해 주었다. 하지만 세르히는 이 낯선 문자들로 허공에 레이스를 짜는 일보다 피아노 연주가 훨씬 더 쉽게 느껴졌다. 태어난 이래로 쭉 수어로 소통해 온 아이들의 언어를 이해하는 일은 세르히에게 큰 고통이었다. 그 아이들의 손가락은 꼭 나비처럼 펄럭였다. 세르히는 처음 몇 단어만 이해할 수 있었고, 그 뒤의 대화는 전혀 따라잡을 수 없었다. 그래서 될 수 있으면 친구들과 떨어져 있으려 했다. 혼자 시간을 보내며 거리의 소음과 부릉거리는 자동차 소리, 새 지저귀는 소리, 음악, 그리고 사랑하는 사람들의 목소리로 가득 찬 기억 속으로 깊이 빠져드는 게 훨씬 더 좋았다.

11월의 어느 날, 수업이 끝난 세르히는 낙엽을 발로 차며 학교 정원을 거닐고 있었다. 낙엽이 바스락거리는 소리도, 이린카가 빨갛고 노란 단풍잎을 얼마나 좋아했는지도 생생히 기억났다. 바로 그때 낡은 빨간색 자동차가 학교 운동장으로 들어왔다. 덕분에 세르히는 슬픈 기억에서 벗어날 수 있었다. 점잖아 보이는 노인과 금발 여자아이가 차에서 내렸다. 여자아이는 황갈색 곰 인형을 가슴에 꼭 안고 있었다. 마치 누군가가 인형을 빼앗아 갈까 봐 두려워하는 것 같았다. 아이가 미간을 찡그린 채 침울한 얼굴로 주변을 둘러보았다. 세르히는 자신이 학교에 처음 들어섰을 때 표정이 어땠는지 떠올려 보았다.

'쟤네 부모님도 돌아가셨나 보네.'

세르히는 속으로 슬퍼했다.

실제로 야린카, 그러니까 이 여자아이는 엄마만 잃었다. 4년 전에.

야린카의 부모님은 카르파티아 산맥의 외딴 마을에서 살았다. 엄마는 집에 있었고, 아빠는 다니는 직장이 일정하지 않았다. 그냥 철에 따라 다른 나라의 건설 현장에 가서 일하고 왔다. 야린카가 태어나고 몇 달이 지났을 때, 야린카에게 청각 장애가 있다는 사실이 밝혀졌다. 야린

카의 아빠는 비탄에 빠져 술을 마시기 시작했다. 그러다 술값으로 돈이 다 떨어지면 야린카의 엄마를 마구 때렸다. 겁에 질린 야린카가 울면 야린카도 같이 때렸다. 아빠가 일하러 나갔을 때만 집 안이 조용했다.

어느 날 야린카의 아빠가 다른 나라에서 일하고 온 뒤 술친구들과 어울려 술을 진탕 마시고는 자정이 넘어 들어왔다. 야린카는 이미 잠자리에 든 뒤였다.

야린카 엄마가 책망하듯 말했다.

"어디 있다가 온 거야? 몇 달 동안 집을 비워 놓고선, 이제야 이렇게 나타나다니."

"시끄러워. 친구들하고 있었어. 친구가 뭔지 몰라?"

야린카 아빠가 소리쳤다.

"친구들? 또? 가족보다 친구가 중요한 거야? 당신은 나한테만 상처를 준 게 아니야. 당신 딸, 야린카가 대체 뭘 잘못했기에 이런 대접을 받아야 해? 이제는 아빠가 어디 있냐고 찾지도 않아. 그냥 다 체념해 버린 것 같다고."

"무슨 소리야? 나 여기 있잖아, 안 보여? 바로 눈앞에 있잖아."

"그래, 바람에 흔들리는 잡초처럼 휘청휘청. 야린카가 오늘 세 살 된 것도 잊고 있었지? 당신이 무슨 아빠야, 응? 말해 봐! 이럴 거면 차라리 그냥 나가서……!"

"이 여자가……, 감히 어디서 따박따박 말대꾸야? 이걸 그냥……."

큰 소리에 잠에서 깬 야린카가 울음을 터트렸다. 엄마가 야린카를 진

정시키려 애썼지만, 아빠는 더 크게 소리쳤다.

"시끄러워! 그만 울어! 나는 아직 시작도 안 했다고!"

그러더니 아내의 멱살을 잡고 주먹으로 얼굴을 내리쳤다. 야린카의 엄마는 바닥으로 고꾸라지면서 요리용 스토브 모서리에 머리를 부딪혔다. 그리고 다시는 일어나지 못했다. 야린카의 '다정한' 아빠는 찬장에서 보드카 한 병을 꺼내 다른 방으로 가 계속 마셨다.

다음 날 아침, 이웃 마을에 사는 야린카의 할머니가 손녀의 생일을 챙기기 위해 찾아왔다. 그리고 바닥에 말라붙은 피 웅덩이 위로 쓰러져 있는 며느리와 그 옆에서 눈물을 흘리고 있는 손녀를 발견했다. 야린카는 밤새 엄마의 옆에서 차가운 손을 어루만지며 제발 일어나라고 애원하고 있었다. 술에 취한 아빠는 침대에 누워 드르렁드르렁 코를 골며 자고 있었다. 할머니는 며느리의 장례를 치르고 이틀 뒤 세상을 떴다. 부끄러움과 슬픔을 차마 이겨내지 못한 것이다.

야린카의 아빠는 징역 7년을 선고받았고, 야린카는 보육원으로 보내져 지난 4년 동안 그곳에서 지냈다. 보육원 원장은 야린카를 정성껏 돌보았다. 주말이면 가끔 자신의 집으로 데려가 말을 가르치려 애썼지만 소용없었다.

보육원의 다른 아이들은 야린카를 조롱하고 때리며 괴롭혔다. 야린카가 고자질할 수 없다는 걸 알았기 때문이다. 어쩌면 원장이 야린카를 좀 더 챙겨 주는 게 질투가 나서 화풀이 대상으로 삼았거나,

아니면 아이들 내면에 숨어 있는 잔인함 때문이었는지도 모른다. 이유가 무엇이었든, 보육원에 도착한 이후 야린카는 어떤 불평도 하지 않았다. 야린카의 눈에서 눈물이 흐르거나 얼굴에서 미소가 번지는 모습을 본 사람은 아무도 없었다.

이제 여덟 살이 된 야린카는 특수 기숙 학교로 거처를 옮겨야 했다. 이런 이유로, 세르히가 다니는 학교에 오게 된 것이다.

음악은 영원하다

새해 전야가 다가오고 있었다. 강당은 아직도 리모델링이 끝나지 않은 상태였고 공사를 마무리할 돈은 충분하지 않았다. 그래서 학교 측은 올해 새해 전야 파티를 열지 않기로 했다. 겨울 방학이 되면 학부모들은 아이들을 집으로 데려갔다. 오직 두 아이만 기숙 학교에 남아 있을 예정이었다. 6학년 세르히와 1학년 야린카. 이 둘을 집으로 데려갈 사람은 아무도 없었다.

12월 31일, 미콜라 선생님은 학교에서 근무를 서고 있었다. 원래는 세르히와 야린카를 집으로 초대하려 했는데, 다 큰 자녀들이 집에서 친구들과 새해 전야 파티를 열 거라고 했다. 젊은이들이 노는 걸 방해하고 싶지는 않아서 겸사겸사 근무를 자원한 것이었다.

기숙사가 비어 있는 방학 동안, 야린카는 남자 기숙사의 세르히 옆방에서 지내기로 했다. 미콜라 선생님은 세르히와 야린카에게 깜짝 선물을 주기로 마음먹었다. 저녁 9시, 아이들이 잠자리에 들 준비를 하자 미콜라 선생님은 아이들에게 겉옷을 챙겨 입고 자신을 따라오라고 했다.

밖은 어두웠다. 강당 창문에서 희미한 불빛만이 새어 나올 뿐이었다. 미콜라 선생님은 강당 문을 열고 세르히와 야린카를 안으로 들여보냈다. 강당 중앙에는 화려한 조명으로 빛나는 크리스마스트리가 세워져 있었다. 그 옆에는 하얀색 식탁보가 씌워진 탁자가 있었는데, 가운데 있는 커다란 초콜릿 케이크 주위로 귤, 사과, 사탕, 과자로 가득한 접시들이 쭉 놓여 있었다.

"친애하는 손님 여러분, 우리만의 작은 파티에 오신 걸 환영합니다!"

미콜라 선생님이 큰 소리로 말하며, 세르히와 야린카를 가까이 오게 했다.

둘은 머뭇거리며 자리에 앉았다. 선생님은 텔레비전을 켜고, 새해 전야 특집 만화 영화를 상영하는 채널을 찾았다. 그러고는 2리터짜리 코카콜라 뚜껑을 열었다.

"이건 우리의 샴페인이야."

선생님이 쾌활하게 말하며 각자의 잔에 콜라를 따라 주었다.

"자, 어서 맘껏 먹어! 부끄러워하지 말고."

아이들은 마음이 편치 않았다. 야린카는 매년 새해 전날이 되면 자신을 집으로 초대하던 보육원 원장을 떠올렸다. 세르히는 엄마와 아빠, 그리고 성 니콜라우스(기독교의 성인으로 산타클로스의 유래가 된 인물—옮긴이)가 선물을 들고 올 때까지 기다릴 수 없었던 여동생을 생각했다. 해마다 이린카는 이번만은 꼭 밤을 새우겠다고 다짐했다. 순록 썰매를 타고 온 백발의 마법사가 창문을 열고 들어와 베개 밑에 선물을 놓고 가는 장면을 보고 싶었기 때문이다. 하지만 결국 한 번도 보지 못했다.

세르히는 슬픈 기억을 떨쳐 버리려고 강당을 둘러보았다. 무대 옆 한쪽 구석에 피아노가 놓여 있었다. 세르히의 마음이 찌르르 울렸다. 세르히는 자리에서 일어나서 먼지가 쌓인 피아노 쪽으로 걸어가 조심스럽게 뚜껑을 들어 올렸다. 미콜라 선생님은 호기심 어린 눈으로 세르히를 지켜보았다.

세르히는 의자를 꺼내 앉아 긴장한 채로 건반 위에 손가락을 올려놓았다. 그런 다음 눈을 감고…… 연주를 시작했다. 피아노 선율이 울려 퍼지면서 텅 빈 강당을 가득 채웠다. 세르히는 폴란드 콩쿠르를 위해 연습했던 쇼팽의 왈츠를 연주했다. 눈은 계속 감고 있었다. 뜨는 게 두려웠기 때문이다. 소리는 들리지 않았지만 여전히 곡을 기억하며 매끄럽게 잘 연주하고 있는 손가락을 느낄 수 있었다.

그런데 피아노를 등지고 무심히 앉아 있던 야린카가 갑자기 긴장했다. 그러고는 뒤를 돌아 천천히 피아노 쪽으로 걸어가더니 피아노 몸체에 귀를 바짝 붙였다. 잠시 후에는 아예 두 팔을 벌려 피아노를 온몸으로 감쌌다. 야린카의 두 눈이 낯선 빛으로 반짝였고, 입술엔

희미한 미소가 비쳤다.

미콜라 선생님은 최면에 걸린 것 같았다. 자신의 눈을 믿을 수 없었다. 선생님이 혼잣말로 속삭였다.

"세상에, 정말 놀랍군. 야린카가 웃고 있어. 들을 수 있는 거야!"

세르히는 왈츠를 끝까지 연주한 뒤 눈을 떴다. 야린카가 피아노 주변을 뛰어다니다 세르히의 손을 잡아 건반을 두드리며 연주를 더 해 달라고 재촉했다. 세르히는 놀란 표정으로 야린카를 쳐다보다가, 이내 부탁대로 연주를 다시 시작했다. 처음에는 천천히 조용하게, 그러다 점점 더 크게 연주했다. 야린카는 고개를 끄덕이며 또다시 피아노를 온몸으로 감싸고 피아노에서 흘러나오는 진동에 귀를 기울였다.

이번에는 세르히의 손가락이 정확하지 않았고, 이따금 잘못된 건반을 누르기도 했다. 하지만 여전히 야린카에게 이 피아노 연주는 최근 몇 년 동안 있었던 일 중 가장 아름답고 즐거운 경험이었다.

다음 날, 세르히는 늦게 일어났다. 방에는 세르히밖에 없어서, 세르히를 쿡쿡 찌르며 아침을 먹자거나 수업에 가자고 재촉하는 사람이 아무도 없었다. 세르히는 어젯밤 꿈을 떠올렸다.

크리스마스트리가 화려한 조명으로 반짝이고 있었다. 엄마는 바이올린으로, 아빠는 클라리넷으로, 세르히는 피아노로 흥겨운 크리스마스

캐럴을 연주했다. 어린 야린카는 신나서 크리스마스트리 주변을 뛰어다니며 "징글벨, 징글벨." 흥얼거렸다.

시계는 자정을 가리켰고, 불꽃놀이와 캐럴이 계속 이어졌다. 야린카는 소파에 앉은 세르히 옆에서 몸을 둥글게 말고 잠자고 있었다. 세르히도 오래 버티진 못했다. 새해 전야 특집 방송으로 나오는 코미디 영화를 보다 중간에 잠이 들었다. 엄마와 아빠는 밤늦게까지 친구들에게 전화와 영상 통화로 새해 인사를 전하고, 텔레비전에 나오는 모든 특집 방송을 시청했다. 이른 새벽, 피곤해진 엄마와 아빠는 서로에게 새해 인사를 한 뒤 잠자리에 들었다.

세르히는 마음이 아팠다. 외로웠고, 버림받은 느낌이었다. 하지만 오래 가진 않았다. 지난밤을 떠올리자 슬픔이 사라졌기 때문이다. 손가락에 새로운 생명을 불어넣어 주었던 먼지투성이 피아노, 그리고 기쁨과 설렘에 가득 차 세르히의 연주를 듣던 야린카.

'내 피아노 연주를 그렇게 집중해서 들어 준 사람은 지금까지 아무도 없었어.'

세르히는 뿌듯했다. 교통사고 이후 처음으로 세르히의 얼굴에 행복한 미소가 번졌다.

떼려야 뗄 수 없는 친구

방학은 2주였지만, 교직원들은 일주일만 쉬고 다시 학교로 나왔다. 1월 2일 아침 9시, 미콜라 선생님은 이미 교장실 밖에 앉아 있었다.

15분 뒤 학교에 도착한 교장 선생님이 놀라서 물었다.

"집에서 쫓겨났나요?"

"여기서 무슨 일이 있었는지 믿지 못하실 거예요."

"왜요, 무슨 일인데요? 아이들은 괜찮은 거죠? 바로 전화하지 그랬어요."

"아뇨, 아뇨. 걱정하지 않으셔도 돼요. 생각하시는 것과 완전히 반대의 일이니까. 제가 다 말씀드릴게요."

미콜라 선생님은 교장실 책상 맞은편에 앉아 세르히와 야린카에 대한 이야기를 들려주었다. 교장 선생님은 아무 말 없이 미콜라 선생님의 이야기를 끝까지 들었다. 그런 다음 창문을 열고 담배에 불을 붙였다.

"흥미롭군요. 야린카 기록지에는 뭐라고 적혀 있지요?"

"교장 선생님, 농담하시는 거죠? 대체 무슨 기록지가 있겠어요? 야린카를 정밀하게 검사한 사람이 있다고 생각하시는 거예요? 제대로 된 청력 검사기는 이 지역 통틀어 단 한 대밖에 없어요. 그나마도 됐다 안 됐다 하지요. 시골에서는 의사들이 구식 방법으로 청력 검사를 해요. 누가 이 불쌍한 고아를 150킬로미터 떨어진 지역 의료 센터까지 데려가서 청력이 완전히 상실되었는지, 아니면 일부라도 들을 수 있는지 검사했겠어요?"

"사실…… 그렇죠. 하지만 괜찮아요. 우리가 하면 되니까. 키이우(우크라이나의 수도—옮긴이)에 있는 의사한테 전화해서 야린카를 검진 대기자 명단에 올려 달라고 부탁할게요. 거기에는 좋은 장비와 전문의가 있으니까요. 미콜라 선생님, 그동안 야린카를 잘 지켜봐 주세요."

"세르히는 어떻게 할까요? 피아노 앞에 앉아 연주할 때 얼마나 생기가 도는지 한번 보셔야 했는데……. 정말 신기해요. 교통사고로 청력을 잃었지만 몸이 기억하고 있다니까요."

그러자 교장 선생님이 양손을 내보이며 말했다.

"인간의 뇌는 미스터리, 그 자체예요. 제가 오래 살면 살수록, 그리고 깊이 들여다보면 볼수록, 우리가 뇌에 대해 알고 있는 건 아무것도 없다는 걸 깨닫게 돼요. 정말 아무것도요."

"참 안타까워요. 세르히는 재능 있는 음악가가 될 수 있었어요."

교장 선생님이 창문을 닫고 책상으로 돌아와 앉으며 말했다.

“저기 말이죠, 이따가 건물 관리자한테 여기로 좀 오라고 전해 주겠어요? 겨울 방학이 끝날 때까지 강당을 청소해 달라고 부탁하려고요. 공사는 언제 끝날지 모르는데, 아이들이 율동이나 리듬을 익힐 곳이 없어요. 수업을 재개합시다. 세르히도 강당에서 피아노 연습을 하면 실력이 떨어지지 않을 거예요. 악보 같은 것이 필요하면, 선생님이 보고 적절히 지원해 주세요. 세르히는 훌륭한 음악가가 될 수 있어요. 누가 알겠습니까? 베토벤도 후천적으로 청력을 잃었지만, 계속 곡을 쓰고 오케스트라까지 지휘했잖아요.”

방학이 끝나고 아이들이 학교로 돌아왔다. 학교는 또다시 시끌시끌 북적였다. 흔히들 농인 학교는 조용하다 못해 적막할 것으로 생각하지만, 실상은 그 반대로 매우 시끌벅적하다. 아이들은 이리저리 뛰어다니며 소리 지르고, 의자와 책상을 넘어트린다. 하지만 그 소리를 듣지 못하기 때문에, 자신들이 조용하고 예의 바르게 행동하고 있다고 생각한다. 농인 학교에 온 젊은 선생님들이 이런 ‘완전한 적막’에 익숙해지는 데는 오랜 시간이 걸렸다.

세르히는 수업이 끝나고 아이들이 모두 떠난 오후에 피아노를 치러 갔다. 세르히는 아이들의 소음이 상관없었지만, 야린카는 달랐기 때문이다. 야린카는 세르히와 함께 강당에 들어갔다. 그리고 피아노를 뒤에서 편안히 감싸 몸을 완전히 밀착시킨 뒤, 두 눈을 감고 피아노 해머가 줄을 치며 만들어 내는 진동을 쫓아갔다. 하지만 강당이 완전히 고요할 때만 이 진동을 느낄 수 있었다.

키이우에서 받기로 한 야린카의 청력 검진은 6월 예약조차도 잡히지 않은 상태였다. 그동안 미콜라 선생님은 혼자서라도 알아내려 애썼다. 그는 야린카에게 헤드폰을 씌운 뒤 다양한 음악을 틀어 주었다. 야린카는 가장 높은 볼륨에서, 헤비메탈의 낮은 주파수만 감지할 수 있었다. 하지만 그 소리가 너무 불쾌하고 불안해 바로 헤드폰을 벗어 버렸다. 야린카의 뇌는 세르히가 연주하는 피아노 음악만 인식할 수 있는 것 같았다. 그래서 누가 뭐라 해도 야린카는 꼭 세르히를 따라 강당에 들어가곤 했다.

세르히 또한 이 충실한 관객과 매일 만나는 일을 무척 고대했다. 세르히는 국제 대회에서 우승하는 것보다 야린카의 관심과 진심 어린 찬사를 더 소중히 여겼다. 야린카를 보면 여동생 이린카가 떠올랐다. 이린카도 세르히가 연주할 때 피아노에 머리를 기대는 걸 좋아했기 때문이다. 이따금 세르히는 이린카와 부모님의 모습이 기억 속에서 서서히 흐릿해지는 걸 느꼈다. 오직 벗어날 수 없는 '기차 악몽'에서만 가족의 얼굴이 선명하게 보였다. 하지만 그 꿈속에서 가족들은 행복하지 않았다. 공포와 고통만이 가득할 뿐이었다.

세르히와 야린카는 점점 떼려야 뗄 수 없는 친구가 되어 갔다. 둘 다 다른 친구들과는 소통하는 게 어려웠다. 야린카는 말을 할 수 없었고, 알고 있는 수어도 몇 개 안 되었다. 심지어는 글도 읽을 수 없었다. 미콜라 선생님은 야린카의 잃어버린 시간을 만회하려 애썼지만, 그다지 성공적이지 못했다. 하지만 야린카와 세르히에겐 공통의 언어가 있었고, 말이 필요 없었다. 그들은 무의식 상태에서 소통했다. 두 사람은 학교 공원을 몇 시간씩 산책하거나 운동장에서 공을 차거나 잡지와 만화책을 뒤적였다. 영화를 보거나 컴퓨터 게임을 하기도 했다.

겨울 방학이 끝난 후, 학교는 무용 수업을 재개했다. 미콜라 선생님은 음악의 볼륨을 최대로 올려 놓고, 아이들에게 박자에 맞춰 리듬 타는 법을 알려 주었다. 어떤 학생들은 보청기의 도움으로 음악을 들었고, 어떤 학생들은 단순히 스피커에서 나오는 진동으로 나무 바닥이 울리는 것을 느끼며 리듬을 타기도 했다.

미콜라 선생님은 합창단까지 만들었다. 아이들이 실제로 노래를 부른 건 아니었다. 가사를 수어로 번역한 뒤 음악에 맞춰 이야기를 들려주는 방식이었다. 선생님은 세르히가 합창단에서 반주해 주기를 바랐지만, 세르히는 계속 거절했다. 꿈쩍도 하지 않았다. 야린카가 세르히의 연주를 들어 주었고, 세르히는 그것으로 충분했다.

비티옥은 학교에 나오지 않았다. 어디로 사라졌는지 아는 사람은 아무도 없었다.

하지만 어느 일요일 오후, 세르히는 비티옥과 마주치고 말았다.

날이 따뜻해지면서 땅이 녹았다가 다시 얼어붙었는데, 그 위로 눈이 내리기 시작했다. 세르히는 강당에서 여자 기숙사까지 야린카를 데려다주고 있었다. 야린카가 미끄러질까 봐 손을 꽉 잡은 채였다. 야린카는 걸으면서 혀를 쏙 내밀고 하늘에서 떨어지는 폭신폭신한 눈송이를 받았다. 우습고 재미있는 광경이었다. 세르히는 지난겨울 썰매를 타러 갔던 날을 떠올렸다. 그때 이린카는 지금 야린카와 똑같이 굴었고, 엄마는 감기가 든다며 이린카에게 그만하라고 했다.

깊은 생각에 빠져 있던 세르히는 그림자 세 개가 기숙사 모퉁이에서 나와 자신을 둘러싸는 걸 미처 알아차리지 못했다. 그들은 다짜고짜 세르히를 붙잡더니 바닥으로 내동댕이쳤다. 세르히가 정신을 차리고 고개를 들자 비티옥의 거만한 얼굴이 보였다. 술 냄새가 물씬 풍겼다.

"돈 어딨어? 나한테 빚졌잖아. 돈 받으러 왔어."

비티옥이 말했다. 세르히는 고개를 돌렸다. 그러고는 깜짝 놀랐다. 비티옥 무리 중 하나가 야린카를 붙잡은 채 손으로 야린카의 입을 막고 있었기 때문이다. 다른 하나는 당직을 서는 선생님이 나올까 봐 기숙사 입구를 지키고 서 있었다. 비티옥은 세르히의 턱을 잡고 자기 쪽으로 돌려 세르히가 자신의 입술을 읽을 수 있게 했다.

"석 달 밀렸어. 돈 내놔."

세르히가 손으로 잔 모양을 만든 뒤 손가락으로 목을 훑어 내렸다. '없다' 라는 의미였다. 그러자 비티옥이 손바닥으로 세르히의 머리를 세게 쳤다. 다치게 하려는 게 아니라 겁을 주려는 목적이었다.

"300흐리벤 가져와. 여자애는 여기 있을 거야. 안 가져오면 재를 때릴 거야. 선생을 데리고 오면 쟤는 죽어. 알았어? 얼른 움직여."

비티옥이 소매를 잡아당겨 세르히를 억지로 일으켰다. 그런 다음 남자 기숙사 쪽으로 밀었다. 세르히는 뒤도 돌아보지 않고 내달렸다. 한 번 미끄러져 넘어졌지만, 얼른 벌떡 일어나 다시 달렸다.

안드리와 볼로디아는 아직 눈이 녹지 않은 운동장에서 스키를 타고 있었다. 세르히는 두 사람의 물건을 뒤지기 시작했다. 매주 부모님한테서 받는 용돈이 어딘가에 있을 터였다. 하지만 그걸로는 부족했다. 세르히는 돈이 없었고, 빌릴 수 있는 사람도 없었다.

그래서 다른 방들도 뛰어다니며 바지 주머니나 책가방, 서랍, 옷장을 뒤졌다. 하지만 대부분 비어 있었다. 겨울 방학을 마치고 학교로 돌아온 아이들이 별로 없었기 때문이다. 세르히는 너무 무서워서 손이 바들바들 떨렸다. 돈을 제때 가져가지 않으면 비티옥이 야린카를 때리거나 해칠지 몰랐다.

세르히는 너무 정신이 없어서 교장 선생님이 방으로 들어오는 것도 몰랐다. 교장 선생님은 종종 일요일에도 출근했다. 주말에는 계속 전화를 걸거나 사소한 일로 자신을 귀찮게 하는 사람이 없어 일하기에 편했기 때문이다. 교장 선생님은 평소처럼 교장실에서 창문을 열고 담배를 피우고 있었다. 그런데 창문 너머로 거의 고꾸라질 듯 뛰어가는 세르히가 보였다. 교장 선생님은 담배를 끄고 외투를 걸친 뒤 남자 기숙사 쪽으로 걸어갔다. 그리고 방에 들어서자마자 다른 사람의 주머니를 뒤지는 세르히를 발견했다. 교장 선생님이 눈살을 찌푸리며 세르히의 팔을 잡았다.

“만약 누가 나한테 와서 네가 뭔가를 훔쳤다고 말했다면 나는 그 사람 얼굴에 침부터 뱉었을 거야.”

그러고는 낙담한 목소리로 말을 이었다.

“정말이지 너무 실망스럽구나.”

세르히는 지금 자신이 왜 이러고 있는지 설명하고 싶었지만, 수어가 하나도 생각나지 않았다. 마침 옆 탁자에 연필꽂이와 공책 몇 개가 놓여 있었다. 세르히는 제일 위에 있는 공책을 펼친 뒤 연필을 집어 들어 재빨리 글을 썼다.

‘여자 기숙사 앞, 술 취한 빅토르랑 불량배들이 야린카를 붙잡고 있어요. 돈 안 가져오면 죽인대요.’

교장 선생님이 메모를 읽고는 세르히를 보며 말했다.

“나한테 먼저 왔어야지!”

교장 선생님은 복도로 뛰어가 인터폰으로 여자 기숙사에 연락했다. 휴게실에서 아이들과 텔레비전을 보던 마리야 선생님이 전화를 받았다.

“선생님, 기숙사 문을 닫고 아무도 못 나가게 하세요. 그리고 경찰에 신고하세요! 강도가 있다고. 저도 금방 갈게요.”

교장 선생님이 주변을 둘러보며 묵직한 물건을 찾았다. 그러고는 제설용 삽을 거머쥐고 서둘러 걸음을 옮겼다. 세르히가 그 뒤를 쫓자 교장 선생님이 가로막으며 말했다.

"어디 가려고? 여기 있어. 방에서 나오지 마. 알았지?"

세르히는 방으로 돌아가 침대에 앉았다. 그리고 초조하게 손톱을 물어뜯었다. 그러다 자리에서 일어나 1, 2분 정도 방을 서성였고, 결국 복도로 나가 소화기함에서 소화기를 꺼내 들고 교장 선생님을 쫓아갔다.

밖은 이미 어두웠고 여자 기숙사 앞마당엔 가로등이 켜져 있었다. 세르히가 멀리서 보니 비티옥의 부하 중 하나가 여전히 야린카를 붙잡고 있었고, 다른 하나는 교장 선생님과 싸우고 있었다. 비티옥은 교장 선생님의 손에서 삽을 빼앗은 뒤 선생님을 아예 눈 속으로 처넣어 버렸다.

몇 년 전, 세르히는 소화기를 사용해 본 적이 있다. 영화에서 소화기에 올라탄 남자가 소화기 손잡이를 움켜쥔 채 공중으로 날아가는 장면을 보고는, 친구와 함께 로켓 발사기를 만들기로 한 거였다. 영화 속 소화기는 땅 위로 몇 미터 뜬 채 제트기처럼 날았다. 그래서 둘은 쉬는 시간에 소화기를 끌고 교실로 들어왔다. 한 명은 안장을 얹고, 다른 한 명은 손잡이를 움켜쥐었다. 그러자 노즐이 옆으로 떨어지며 마치 불꽃이 터지듯 소화기가 이리저리 꿈틀거리고 뒤집히기 시작했다.

다행히도 두 사람은 약간의 충격만 받았을 뿐, 다친 데는 없었다. 주변에 엄청난 피해를 준 것도 아니었다. 그저 소화기 하나를 헛되이 낭비했을 뿐이다. 아빠는 세르히를 꾸짖지 않았다. 그 대신 만약을 대비해

소화기 사용법을 제대로 알려 주었다. 아빠의 가르침이 이렇게 도움이 될 줄 누가 알았을까?

세르히는 기숙사 쪽으로 뛰어간 다음 건물 뒤쪽 모퉁이로 살금살금 걸어갔다. 비티옥과 부하 한 녀석이 교장 선생님의 팔을 비틀고 있었다. 세르히는 소화기를 내려놓고, 땅에 발을 단단히 디뎠다. 그리고 노즐을 그들 쪽으로 향한 뒤 안전핀을 뽑고 손잡이를 움켜쥐었다. 빨간색 탱크에서 가스가 터져 나오며 비티옥 무리를 하얗게 뒤덮었다. 그들은 깜짝 놀라 교장 선생님을 풀어 주고 제자리에서 껑충껑충 뛰었다. 교장 선생님은 그 기회를 놓치지 않고 혼란을 틈타 얼른 자리에서 일어났다. 그리고 부하 한 녀석에게 제대로 된 주먹을 여러 번 날려 쓰러트리고는 그 녀석의 팔을 등 뒤로 꺾었다. 비티옥은 도망치려 했지만 교장 선생님이 못 가게 막았다. 야린카를 붙잡고 있던 세 번째 녀석은 자신의 운을 시험해 보지 않기로 했다. 그래서 야린카를 놓아주고 도망쳤다. 그 녀석이 울타리를 넘어 시내 중심가로 달려가려는 찰나, 교문으로 경찰차가 들어왔다.

이번에는 비티옥도 정의의 심판을 피할 수 없게 되었다. 알고 보니, 경찰은 이미 강도 사건의 용의자로 비티옥을 쫓고 있었다. 비티옥은 공범의 아파트에 숨어 있었다. 그러다 지난 토요일 밤, 술을 진탕 마시고 친구들에게 '일 좀 하러' 가자고 제안했다.

"학교 안 간 지 오래됐네. 거기 돈이 있는데."

"뭐, 어디? 누가 너한테 돈을 줘? 선생이?"

"아니, 선생 말고. 애들. 일요일에 가자. 돈 가지러."

"잡히면 어쩌려고?"

"선생 없어. 당직만 있지."

"그럼, 가자! 돈이라니, 아주 좋아."

이것이 비티옥의 마지막 모험이 되었다. 증거는 충분했다. 목격자도 있었다. 이제는 비티옥 엄마의 검찰 쪽 인맥도 전혀 먹히지 않을 것이다.

법원은 교장 선생님과 세르히를 소환했다. 미콜라 선생님은 공인된 수어 통역사 자격으로 불려 나갔다. 야린카는 목격자로 소환되지 않았다. 너무 어렸기 때문이다.

평결이 발표된 후, 비티옥은 몸을 돌려 세르히를 손가락으로 가리켰다. 그런 다음 왼쪽 손바닥을 쫙 펴고 거기에 주먹 쥔 오른손을 세게 내리치며 중얼거렸다.

"죽여 버릴 거야."

비티옥은 감옥에 갔지만 세르히와 야린카의 삶은 조금도 편해지지 않았다.

이별, 그리고 탈출

5월이 되자, 야린카가 있던 보육원에서 기숙 학교 교장 선생님에게 전화를 걸어 야린카의 친부가 모범수로 뽑혀 곧 석방된다는 소식을 전했다. 친권 회복도 이미 신청해 놓은 상태인데, 아동 보호국에서 그의 신청을 승인할 가능성이 크다고 했다. 야린카 아빠가 정신적으로, 사회적으로 별문제가 없다고 판단되었기 때문이다. 교장 선생님은 즉시 미콜라 선생님과 나탈리아 선생님을 불러 이 슬픈 소식을 전했다. 미콜라 선생님이 버럭 소리를 질렀다.

"야린카가 어떻게 될지 불 보듯 뻔하지 않아요? 야린카 아빠는…… 아니, 아빠라고 불릴 자격도 없는 사람이에요. 그 멍청이는 야린카의 인생을 망칠 거예요."

그러자 나탈리아 선생님이 반박했다.

"너무 그러지 마세요. 그래도 야린카 아빠예요. 감옥에 있는 동안 자신의 행동을 돌아보고 새사람이 되었을 수도 있잖아요."

“정말 그렇게 믿는 거예요? 감옥에서 새사람이 되어 나온 사람을 한 명이라도 본 적 있어요? 그 사람이 야린카를 찾는 이유는 딱 하나예요. 장애 연금. 그걸 대신 받아서 술이나 마시려고 하는 거죠. 자, 어디 한번 말해 보세요. 제가 잘못 생각하는 건가요?”

그러자 교장 선생님이 나섰다.

“아니에요, 맞는 말이에요. 그런데 지금 이 상황에서 우리가 무엇을 할 수 있을까요?”

무거운 침묵이 흘렀다. 교장 선생님이 담배에 불을 붙였다. 담배를 피우면 생각이 더 잘 떠올랐기 때문이다. 나탈리아 선생님이 침묵을 깨고 입을 열었다.

“법원에 이의를 제기할 수 있지 않을까요? 야린카의 친부가 딸을 다시 데려가지 못하게 해 달라고요.”

교장 선생님이 수첩에 적힌 전화번호를 쭉 훑으며 말했다.

“우리는 소송을 제기할 수 없어요. 그건 아동 보호국의 일이지요. 그리고 법원에선 매일 수십 건의 아동 사건을 검토해요. 그 사람들도 지쳐서, 어느 외딴 마을에서 온 여자아이의 운명까지 신경 쓰지는 못할 거예요. 음……, 저한테 아동 보호국 국장의 전화번호가 있어요. 그쪽에 전화해서 상황을 잘 설명해 볼게요. 우리가 할 수 있는 일들을 알려 줄지도 몰라요.”

기숙 학교 학생들은 한 학년의 끝을 축하하기 위해 부모님을 초대해 특별한 행사를 벌이기로 했다. 수어 합창단은 대중가요를 배웠고, 고등학교 댄스반은 모던 힙합 댄스를 연습했으며, 5학년 여학생들은 시를 낭독하기로 했다. 연극반은 〈로미오와 줄리엣〉을 준비했다. 특별 행사의 중심은 세르히와 야린카의 공연이었다. 야린카는 세르히가 연주하는 에드바르 그리그의 〈노르웨이 무곡〉 중 하나에 맞춰 춤을 출 예정이었다. 하지만 야린카는 피아노에 아주 가까이 붙어 있을 때만 음악을 들을 수 있었다. 그래서 무용 선생님은 야린카에게 맞는 특별한 방법을 생각해 냈다. 우선 야린카는 피아노 옆에 앉아 음악을 들으면서 무용 선생님의 춤 동작을 하나씩 보았다. 그런 다음 그 동작들을 외우고 반복했다. 선생님은 야린카가 언제 자세를 바꿔야 하는지 알려 주었다. 야린카는 처음에 힘들어했지만, 몇 주 동안 꾸준히 연습한 뒤에는 거의 완벽하게 춤출 수 있었다.

강당은 북적북적 시끄러웠다. 아이들은 돌아가며 무대 리허설을 했고, 공사 인부들은 강당 보수 공사를 마무리하고 있었다. 특별 행사는 5월 26일 마지막 수업을 마치는 종이 울린 직후에 열릴 예정이었다.

특별 행사 하루 전날, 강당에서 마지막 리허설이 열렸다. 세르히와 야린카가 무대에 올랐을 때, 교장실 전화가 울렸다. 지역 기관에서 온 전화였다. 내일 아침 조사관이 방문해 야린카를 친부가 있는 마을로 데려갈 거라고 했다.

교장 선생님은 수십 년간 기숙 학교에서 근무하며 수백 명의 아이들이 졸업하는 모습을 지켜보았다. 대부분 기숙 학교에서 10년이나 11년 동안 지냈지만, 그렇게 기억에 남는 아이는 별로 없었다. 그래도 몇몇은 확실히 기억났다.

야린카는 기숙 학교에 일 년도 채 있지 않았지만, 교장 선생님은 카르파티아 산맥의 외딴 마을에서 온 이 여자아이를 절대 잊지 못할 것이었다. 야린카는 글을 읽지 못했고 수어도 못 했다. 아예 언어를 배우고 싶어 하지 않았다. 친구를 사귀는 일에도 서툴렀다. 누군가 다가오면 몸을 웅크리고 날카로운 가시를 세우는 조심성 많은 고슴도치 같았다. 하지만 동시에 빛으로 가득 차 있었다. 야린카의 내면에 손을 뻗어 가느다란 빛줄기 몇 가닥이라도, 그러니까 친근한 미소를 조금이라도 밖으로 끄집어낼 수 있는 사람은 세르히가 유일했다. 야린카의 미소는 세르히의 마음에도 빛을 가득 채웠다.

교장 선생님은 담배를 연달아 피우며 신경을 가라앉히려 애썼지만 소용이 없었다. 법원과 아동 보호국의 결정 앞에 어찌할 도리가 없었다. 선생님은 각 기관에 전화를 돌려, 적어도 야린카가 주변 세계를 인식하며 타인과 의사소통하는 법을 배우고 익힐 기회를 가질 수 있도록 몇 달만이라도 시행 날짜를 연기해 주면 안 되겠냐고 간청했다. 하지만 아무도 그 간청을 들어주지 않았다. 야린카를 아빠의 품으로 즉시 돌려보내야 한다는 법원의 결정을 재차 언급할 뿐이었다.

아침 8시, 야린카를 데려갈 차가 도착했다. 선생님들은 차마 야린카가 기숙 학교를 떠난다는 말을 세르히에게 전해 줄 용기가 나지 않았다. 선생님들 생각에는 눈물이나 긴 작별 인사 없이 헤어지는 것이 두 사람 모두에게 가장 좋은 방법이었다.

아무것도 모르는 세르히가 특별 행사를 위해 피아노 연습을 하고 있을 때, 미콜라 선생님은 담당 조사관과 함께 야린카를 데리러 갔다. 야린카는 모직 천으로 빨간 구두를 닦고 있었다. 그날 오후 무대에서 신을 신발이었다. 야린카가 미콜라 선생님을 바라보았다. 야린카의 두 눈은 믿을 수 없을 만큼 또렷하고 기대에 차 있었다. 순간 말문이 막혀 버린 미콜라 선생님은 뒤돌아서 흠흠 헛기침을 했다. 그런 다음 야린카 옆에 쪼그리고 앉아 두 눈을 똑바로 바라보며, 마지못해 입을 열었다.

"야린카, 아빠가 있는 집으로 갈 거야. 이제부터는 거기서 살 거란다. 밖에 너를 기다리는 차가 있어."

지금까지 야린카는 매일 미콜라 선생님과 수업을 진행했다. 하지만 선생님이 무슨 말을 하는지 잘 알아듣지 못했다. 그래서 각각의 단어를 몇 번이고 반복해서 봐야 했다. 그런데 이번에는 한 번에 모든 걸 이해했다. 야린카의 눈에서 빛이 사그라들더니 작은 빨간 구두 한 짝이 손에서 툭 떨어졌다. 야린카는 조용히 울기 시작했다. 야린카의 눈물을 처음 본 미콜라 선생님이 야린카를 안아 주었지만, 야린카는 뿌리치고 방에서 뛰쳐나갔다. 미콜라 선생님이 서둘러 그 뒤를 쫓아갔다.

야린카는 세탁실에서 발견되었다. 두 팔로 무릎을 꽉 껴안은 채 라디에이터 옆 바닥에 앉아 상처 입은 짐승처럼 훌쩍이고 있었다. 야린카는 세상 사람들이 전부 다 싫었다. 마음을 열고 신뢰하자마자 자신을 저버렸기 때문이다. 마치 야린카가 그토록 좋아했던 아빠처럼. 야린카에게서 엄마를 영원히 데려가 버린 그 사람처럼 말이다!

나탈리아 선생님은 야린카가 떠난 뒤에야 세르히에게 소식을 알렸다. 세르히는 그 말을 믿을 수 없었다. 그래서 교장실로 달려갔다.

자포자기한 표정으로 앉아 있는 교장 선생님을 보자, 나탈리아 선생님의 말이 진짜라는 게 분명해졌다. 세르히는 바락바락 소리를 지르고 싶었다. 목구멍에서 소리를 내려고 안간힘을 썼지만 소용없었다. 머리끝까지 화가 난 세르히는 의자를 집어 들어 벽에 던졌다. 너무 세게 집어 던진 나머지 나무 액자에 담긴 명예 졸업장이 바닥에 떨어지며 유리가 산산조각이 났다. 교장 선생님이 일어나 세르히가 깨진 유리 조각을 밟지 않도록 도와준 뒤 자신의 의자에 앉게 했다. 그런 다음 책상에 앉아 왜 야린카를 보내야 했는지 하나도 숨기지 않고 전부 말해 주었다.

특별 행사가 몇 분 뒤 시작될 예정이었다. 교장 선생님은 세르히의 손을 잡고 강당으로 갔다. 하지만 세르히는 야린카 없이 절대 무대에 오르지 않겠다고 했다. 그리고 행사 내내 눈살을 찌푸린 채 구석에만 앉아 있었다. 댄스반의 모던 힙합 댄스 공연이 끝나고 관객들이 박수를 치며 "앙코르!"를 외칠 때, 세르히는 조용히 밖으로 나갔다.

저녁 식사 시간, 세르히는 식당에 오지 않았다. 선생님들은 세르히를 찾아 기숙사 방과 옷장, 그리고 온갖 구석구석을 뒤졌지만 흔적조차 찾을 수 없었다.

다음 날 아침, 교장 선생님은 경찰서에 전화를 걸어 세르히가 실종되었다고 신고했다.

기차역 계단 아래는 눅눅한 곰팡내와 퀴퀴한 오줌 냄새, 그리고 매캐한 담배 연기로 가득했다. 세르히는 처음에 질겁하며 코를 막았지만, 점차 악취에 익숙해지면서 더는 아무것도 느끼지 못하게 되었다. 기차역을 왔다 갔다 하는 경찰관들의 눈을 피해 계단 아래 숨어 있던 세르히는 정문 위의 시계를 힐끗 보며 이제 어떻게 해야 할지 고민했다.

'이바노프란키우스크(우크라이나의 서남부에 있는 도시로, '프란키우스크'로 줄여 부르기도 한다—옮긴이)로 가야 해. 거기서 야린카네 마을로 가는 버스가 있다고 했어. 미콜라 선생님이 그랬지. 그 배신자. 교장 선생님도, 다른 선생님들도 다 똑같아. 말로는 사랑한다, 안쓰럽다고 했으면서 그 깡패 같은 사람한테 야린카를 넘겼어. 하지만 괜찮아. 내가 구하면 되니까. 나는 배신하지 않을 거야. 그나저나 돈이 좀 있었으면 좋겠다. 거기까지 어떻게 가지? 이런 지방 도시에서는 기차표를 거의 확인하지 않는다고 하니까, 표 없이도 어떻게든 갈 수 있을 거야. 그런데 버스는? 버스는 어떻게 아무도 모르게 타지? 아, 모르겠다. 우선은 이바노프란키우스크까지 간 다음에 그 뒤를 생각하자. 가능한 한 빨리 가서 야린카 아빠가 야린카를 해치기 전에 데리고 나와야 해.'

생각에 몰두한 세르히는 계단 아래로 걸어오는 10대 두 명을 미처 알아차리지 못했다. 그중 하나가 세르히 옆에 멈춰 서서 소매를 잡아당기며 물었다.

"여기서 뭐 하는 거야? 우리 구역인데."

세르히는 그 아이들이 자신에게 뭘 원하는지 알 수 없었다.

한 녀석이 말을 이었다.

"아직 이해 못 했어? 참나, 얘 좀 봐! 얼굴 하나 안 변하네? 입도 꾹 다물고. 우리 무시하는 거지, 응? 너 대체 뭐 하는 놈이야?"

그러고는 자기보다 훨씬 작은 세르히를 힘껏 밀었다. 세르히는 플라스틱 상자에 발이 걸리면서 콘크리트 바닥으로 고꾸라졌다. 일어나려 애썼지만, 녀석들은 세르히를 또다시 밀쳤다. 세르히는 가라테에 등록하겠다고 부모님을 설득하지 못한 일을 다시 한번 후회했다. 가라테를 배웠다면 이 불량배들과의 대화는 완전히 달라졌을 것이다. 지금 누가 누구를 비웃고 있었을지는 아무도 모르는 일이었다. 녀석들은 세르히 주변을 에워싼 채 세르히가 일어나려 할 때마다 바닥으로 밀쳤다.

"재수 없는 놈, 다른 사람 구역을 넘보면 어떻게 되는지 확실히 알려 주지."

녀석들은 큰 소리로 웃으며 자신들의 우위를 즐겼다. 그러다가 갑자기 웃음을 뚝 멈췄다.

"아, 씨. 경찰이다."

한 녀석이 출구로 달려갔다. 그러자 다른 녀석도 서둘러 쫓아갔다. 세르히가 일어나 보니 경찰이 그들 쪽으로 가고 있었다. 계단 아래서 난 고함과 웃음소리를 들은 게 분명했다. 그리고 10대 둘을 보자마자 그들을 쫓아간 것이다. 세르히 역시 경찰과 마주쳐 좋을 게 없었다. 기숙 학교로 돌려보낼 게 뻔했기 때문이다. 세르히는 얼른 반대로 방향을 틀어 역 정문으로 달려갔다. 첫 번째 선로에 기차가 서 있었고, 그 앞에서 낚시꾼 복장을 한 남자 몇 명이 담배를 피우며 언쟁을 벌이는 중이었다. 그들 옆에는 배낭과 낚싯대, 그물, 그 외 다른 어구들이 쌓여 있었다. 세르히는 남자들이 서로 그날 잡은 물고기를 자랑하고 있다고 추측했다. 두 팔을 벌리며 물고기의 크기를 설명하고 있었기 때문이다. 세르히는 경찰관이 알아채지 못하기를 바라며, 고개를 숙인 채 낚시꾼들 옆으로 바싹 다가갔다.

낚시꾼들은 담배를 다 피운 뒤 기차에 오르기 시작했다. 그들 중 하나가 친구에게 말을 하는데, 계속 같은 단어를 반복했다. 세르히가 그 남자의 입 모양을 가만히 지켜보니, 그 단어는 '프란키우스크' 같았다.

'프란키우스크로 가는 기차라고 말하는 게 분명해. 잘됐다, 나도 거기 가야 하는데.'

세르히는 남자들을 따라 기차에 올라 그들 옆에 앉았다. 남자들은 여전히 열띤 대화를 이어 가는 중이었다.

"프란키우스크는 정말 최고의 낚시터야. 산에서 시작된 두 개의 강이 마을을 흐르는데, 나가서 5분이면 강둑에 앉아 낚시할 수 있다고. 원하는 물고기는 무엇이든 말이야. 굉장한 곳이지. 네가 사는 르비우(우크라이나의 서부에 있는 최대 도시—옮긴이)와 다르다고."

그러자 다른 남자가 안타까워하며 동의했다.

"그래, 네 말이 맞아. 르비우엔 강이 하나밖에 없지. 그마저도 지하 파이프에 갇혀 마을을 지나가는, 아주 불쌍한 강 말이야. 그리고 그 냄새! 으윽, 세상에."

낚시꾼들은 세르히가 가까이 웅크리고 앉아 자신들의 이야기에 집중하고 있는 것을 알아차렸다.

가장 나이 들어 보이는 남자가 물었다.

"얘야, 낚시꾼들의 이야기가 궁금한가 보구나, 그렇지?"

세르히는 그의 말을 알아듣지 못해 당황스러웠다.

"괜찮아, 겁먹지 말고."

나이 든 남자는 세르히의 어깨를 가볍게 톡톡 쳤다. 그런 다음 몸을 살짝 움직여 세르히가 앉을 자리를 내주었다.

"나도 아버지가 친구들하고 이런저런 이야기를 나누면 옆에서 듣곤 했지. 그게 또 그렇게 재미있더라고. 특히 아버지가 술을 한두 잔 걸친 뒤에 말이야. 그래, 너는 이름이 뭐니?"

세르히가 남자의 말을 들을 수 없다고 손짓했다.

그러자 남자가 더 크게 말했다.

"그냥 우리랑 같이 있자고!"

남자는 객차 안이 너무 시끄러워 세르히가 자신의 말을 듣지 못했다고 생각했다. 그래서 한 번 더 큰 소리로 말한 뒤, 세르히의 소매를 잡아당겼다. 세르히는 더 이상 설명하고 싶지 않아서 고개를 끄덕이고는 그 남자 옆에 털썩 앉았다. 그러면서 이 생각만 했다.

'이상하다. 프란키우스크로 가는 기차는 두 시간 후에 출발한다고 했는데. 기차라고 해서 전부 제시간에 출발하는 건 아닌가 보네.'

하지만 의심은 금세 사라졌다. 세르히는 낚시꾼들의 이야기에 빠져들어 그들이 무슨 대화를 나누는지 알아내려 애썼다.

중간에 한 역에서 제복을 입은 여자가 객차에 들어왔다. 여자는 승객 한 명 한 명에게 다가가 표를 확인했다.

'검표원이구나!'

세르히는 곧장 반대편 출구로 달려갔지만, 결국 다른 검표원에게 잡히고 말았다. 건장한 체격에 콧수염을 기른 남자 검표원은 세르히의 손을 잡고 씩 웃으며 말했다.

"뭐가 그렇게 급하니? 화장실에 가고 싶은가 봐, 그렇지? 표가 없는 승객들은 검표원이 보이면 바로 화장실로 달려가지. 근데 왜 아무 말도 안 하니? 뭐라고 한마디 해 봐."

두텁고 길게 난 수염이 검표원의 입을 반이나 가리고 있어서, 세르히는 그의 말을 하나도 알아들을 수 없었다. 귀가 안 들린다고 열심히 손짓으로 설명했지만, 검표원은 그저 웃기만 할 뿐이었다.

"그래, 알아, 알아. 동정심을 유발하려는 작전인가 본데, 나한테는 안 통해."

"그냥 내버려 두세요. 정말로 안 들리는 애니까."

낚시꾼 중 하나가 세르히를 편들며 큰 소리로 말했다.

남자 검표원이 진지한 얼굴로 물었다.

"죄송하지만, 누구시죠? 애 아빠가요?"

"그건 아니에요. 오늘 처음 봤어요. 하지만 못 듣는 건 확실해요. 나도 깜짝 놀랐다니까요. 내가 뭐라고 물어봤는데 대답을 안 하더라고요. 그냥 내버려 둬요. 지금 얼마나 겁먹었는지 안 보여요? 가뜩이나 세상 사는 게 쉽지 않을 텐데."

그러자 남자 검표원이 분개하며 말했다.

"이 아이를 대변할 필요는 없습니다. 얼마나 많은 사람이 얘처럼 가짜 장애인 행세를 하는지 아세요? 매일 잡아들이는 정도라니까요. 그리고 너 말이야, 안 들리는 척, 안 보이는 척, 뭐 다양하게 할 수 있겠지만, 소용없는 짓이야."

"세상에, 그냥 좀 내버려 둬요. 푯값은 내가 대신 낼 테니까. 얼만

가요?”

다른 낚시꾼이 지갑 쪽으로 손을 뻗으며 물었다. 하지만 남자 검표원은 단호히 말했다.

“안 됩니다. 이건 푯값만의 문제가 아니에요. 얘는 벌금도 물어야 해요. 푯값의 다섯 배.”

“정말 너무하시는군요. 불쌍한 이 애 말고 벌금 매길 사람이 그렇게 없습니까?”

그러는 동안, 기차는 지붕이 있는 역 승강장에 도착했다. 승객들이 자리에서 일어나기 시작했다. 남자 검표원은 모든 승객이 객차에서 내릴 때까지 기다렸다가 세르히의 손을 잡아끌고 출구로 향했다.

그는 세르히를 경찰서로 데려가 담당 경찰관에게 넘겼다. 경찰관은 키가 작고 뚱뚱했는데, 아주 짧은 잿빛 머리에 눈이 작고 날카로웠다. 그는 세르히에게 창문 옆 의자에 앉으라고 한 뒤 질문을 퍼붓기 시작했다. 하지만 세르히는 경찰관을 본체만체하고 유리창 너머로 시선을 던졌다. 바깥에 대도시의 불빛으로 만들어진 커다란 글자가 적혀 있었다.

‘르비우에 오신 걸 환영합니다!’

세르히의 머릿속에 끔찍한 의심이 스쳐 지나갔다.

‘말도 안 돼! 반대 방향으로 가는 기차를 탔나 봐. 이바노프란키우스크로 가는 대신 르비우에 도착했어. 아, 안 돼! 다시는 야린카를

볼 수 없을 거야.'

세르히가 질문을 계속 무시하자 경찰관은 화가 나서 소리쳤다.

"야, 너, 연기 좀 그만해! 내가 할 일 없는 사람처럼 보여?"

동료 경찰관이 그 소리를 듣고 투덜거렸다.

"아, 시끄러워. 코쿠덕, 왜 그래? 또 억류자들을 괴롭히는 거야?"

"이 건방진 놈을 보라고. 표도 없이 기차를 타 놓고선 이제는 처벌을 피하려고 안 들리는 척하잖아."

"그래서, 뭐? 왜 그렇게 신경을 쓰는데? 왜 그렇게 사람들을 괴롭히냐고. 그러면 기분이 좋아? 진짜, 오리처럼……. 네 이름 끝에 있는 '덕' 말이야. 이름 한번 잘 지었어."

"난 말이야, 내 담당 구역에서 일어난 위법 행위는 절대 그냥 넘어가지 않아."

"그래도 너무 심하게 심문하는 거 아니야? 얘가 뭘 그렇게 나쁜 짓을 저질렀다고. 그럴 시간 있으면 네 아내가 시장에서 뭘 하는지나 알아보는 게 좋을 거야. 온 동네에 소문이 쫙 퍼졌어. 시장 손님들을 상대로 사기 치고 있다고 말이야. 하루라도 사기를 안 치고 그냥 넘어가는 날이면 약쟁이처럼 골골대며 아프다고."

"내 아내는 건들지 마. 집에 있는 네 아내나 신경 써."

코쿠덕이 쏘아붙였다.

"이봐, 진정해. 네가 아무리 그래도 경찰청장은 못 돼. 그건 네 자리가 아니니까 꿈 깨라고. 얘는 내버려 둬. 다음엔 꼭 표를 사서 타라고, 그냥 귀나 한 번 잡아당기고 보내. 진짜로 안 들리는 애일 수도 있잖아?"

"검표원이 가짜라고 했어."

"그거야 뭐, 확인해 보면 되지."

세르히는 창문 쪽으로 고개를 돌리고 있었다. 동료 경찰이 세르히에게 살금살금 다가가 귀에 대고 소리를 바락 질렀다. 청인이라면 몸을 휙 돌리거나 제자리에서 펄쩍 뛰었겠지만, 세르히는 꿈쩍도 하지 않았다.

"봤지? 애는 정말로 못 들어. 근데 있잖아, 코쿠덕? 어쩌면 '싸움닭 상카'가 거둬들인 애 중 하나일지 몰라."

"그건 아니야. 그 애들은 매일 이 근처에서 어슬렁거리기 때문에 내가 얼굴을 다 알거든."

"새로 온 애일 수도 있잖아? 상카가 노숙자 부모한테서 돈을 주고 데려왔을 수도 있지. 술주정뱅이들한텐 항상 장애인 자녀가 있고, 상카는 그런 애들을 사 오니까. 이제 새로운 피가 필요할 때도 됐잖아, 그렇지? 애들을 기차로 내보내 구걸시키자면, 장애가 심하고 어릴수록 동정을 얻기가 쉬우니까."

"그거야 뭐 직접 물어보면 되지. 상카는 분명 프리보크잘나 광장의 바레니키(우크라이나식 만두—옮긴이) 식당에 있을 거야. 순찰대에 전화해서 데려오라고 할게. 애가 자기네 애라면 데려갈 수 있지. 상카는 괜찮은 녀석이야. 내 몫을 꼬박꼬박 잘 챙겨 주기만 하면 녀석이 기차역에서 뭘 하든 상관 안 해."

코쿠덕이 무전으로 순찰대에 연락했다. 잠시 후, 시끄럽게 문을 두드리는 소리가 나더니 어떤 남자가 절뚝거리며 방으로 들어왔다. 오른쪽 귀에 보청기를 꽂은 채였다. 남자는 고개를 끄덕이며 경찰들에게 인사한 뒤, 기계음처럼 단조로운 목소리로 말했다.

"왜 부르셨나요? 아직 26일이에요. 5일이나 남았잖아요. 돈을 드리기엔 좀 이르지 않나요?"

그러자 코쿠덕이 남자에게 다가가 어깨를 두드리며 말했다.

"진정해. 돈 문제가 아니야. 여기 귀가 안 들리는 애가 있는데 말이야, 검표원이 기차에서 데려왔어. 혹시 너희 애니?"

세르히는 창문 너머의 간판들에서 시선을 떼고 남자를 바라보았다. 남자가 이리저리 가늠하듯 세르히를 자세히 들여다보았다. 그러고는 눈을 깜빡이며 아까처럼 기계 같은 목소리로 말했다.

"네, 맞아요. 새로 온 애예요. 재를 찾으려고 온 동네를 쑤시고 다녔는데, 여기 있었네요."

코쿠덕이 미소 지었다.

"그래, 그런 것 같네. 너무 애타게 찾아서 술을 안 마실 수 없었을 거야. 좋아, 그럼 네가 데려가. 하지만 잊지 마, 나한테 1000흐리벤 빚졌다는 거."

"대체 뭣 때문에요?"

"'뭣 때문에' 라고? 나는 재를 아동 보호국에 넘길 수도 있었어.

사실 그렇게 했어야 맞지. 그런데 너한테 돌려준 거야. 그리고 감히 나한테 대들지 마. 너처럼 이 기차역 주변에 사는 사람들의 주인은 바로 나라는 사실을 잊지 말라고. 자, 그러니까 내가 아까 말한 대로 돈을 내야 해. 알았어?"

"네, 네, 알겠습니다. 1일에 5월 치 금액과 함께 드리죠."

"그래, 이런 걸 바로 거래라고 하는 거야. 마음 바뀌기 전에 얼른 이 애를 데리고 나가."

남자는 세르히의 손을 꽉 잡고 절뚝거리며 문 쪽으로 걸어갔다. 코쿠덕은 탐욕스럽게 툭 튀어나온 배를 긁으며 만족스러운 표정으로 그들을 바라보았다.

싸움닭 상카

싸움닭 상카의 인생은 항상 기찻길와 연결되어 있었다. 아빠는 없었고, 엄마는 기차 승무원이었다. 엄마는 술을 자주 마셨는데, 심지어 임신 중에도 그랬다. 의사들은 그게 상카가 거의 못 듣는 상태로 태어난 원인이라고 했다. 여섯 살이 되었을 때, 상카는 옆집 마당의 사과나무에서 떨어져 다리가 부러졌다. 다친 다리는 나았지만 뼈가 제대로 아물지 않아 그 이후로 절뚝거리며 걷게 되었다.

상카는 농인 아이들을 위한 기숙 학교에 들어갔다. 상카의 촌스러운 행동과 뒤뚝뒤뚝하는 걸음걸이는 종종 다른 학생들의 놀림거리가 되었지만, 상카는 거리에서 이미 싸우는 법을 익혔다. 비록 체구는 작았어도 자신을 모욕하려는 사람은 누구든 공격했다. 덕분에 학생들 사이에서 금방 권력을 쥐게 되었다. 상카는 학교 수업도 곧잘 따라갔다. 읽는 법을 배운 지 1년 정도 되었을 때는 보통 청인들처럼 말할 수 있었다. 단조롭고 무감각한 목소리만 아니었다면 상카가 농인이라고 생각하는 사람은 아무도 없었을 것이다.

상카의 엄마는 이따금 주말에 상카를 집으로 데리고 갔다. 그들은 기찻길 옆의 낡고 오래된 집에서 살았다. 기차역은 상카가 언제나 좋아하고 가고 싶어 하는 곳이었다.

어느 날, 동네 소매치기가 우연히 상카의 수어를 보게 되었다. 유연하고 긴 손가락이 그의 시선을 사로잡았다. 소매치기는 상카를 데리고 기차역 근처의 바레니키 식당으로 가 맛있는 음식을 먹였다. 값비싼 초콜릿 아이스크림인 '카슈탄'까지 사 주었다. 만족스러워하는 상카의 모습을 확인한 남자는 조심스럽게 물었다.

"매일 이렇게 행복하게 살고 싶니?"

당연히 상카는 그러고 싶다고 대답했다.

"그럼 날 따라와. 내가 뭔가 보여 줄게. 원한다면 가르쳐 줄 수도 있어."

그날 밤, 상카는 부자가 되는 일이 얼마나 쉬운지 처음으로 알게 되었다. 퇴근 후 집에 돌아가기 위해 혼잡한 기차에 몸을 맡기고 멍하게 풀어져 있는 승객들의 지갑을 꺼내기만 하면 되었기 때문이다. 얼마 안 있어 상카는 스승과 함께 다니며 멍청한 승객들의 주머니를 터는 '작업'을 배우기 시작했다. 그때 겨우 열 살이었다.

학교는 계속 다녔지만, 성적이 떨어지기 시작했다. 상카는 자신의 장애가 일을 구하는 데 제약을 줄 거라는 사실을 잘 알고 있었다. 기껏해야 기술 훈련 학교를 졸업한 뒤 공장의 조립 라인에서 일하는 게 최선이었다. 그렇게 공장에서 한 달 일하고 받는 월급은 소매치기로 출퇴근 시간대의 기차에 한 번 올라타 버는 돈과 같았다.

상카가 아직 소년이었을 때는 운이 좋았다. 승객들은 절뚝거리는 아이에게 주의를 기울이지 않았고, 주머니가 비는 것도 느끼지 못했기 때문이다. 그러다 상카는 열일곱 살 때 처음으로 체포되었다. 소년원에서 1년간 복역한 뒤 석방되었는데, 장애가 있었기 때문이다. 하지만 1년 뒤에 또 소매치기를 하다가 붙잡혔다. 이번에는 일반 교도소로 보내져 3년 동안 갇혀 있었다. '싸움닭'이란 별명도 그때 얻었다. 싸움닭 상카는 러시아의 개혁 정책이었던 '페레스트로이카'가 한창일 때 풀려났다. 도시에서 협동조합과 노점 시장, 카페, 샤슬릭(우크라이나식 꼬치구이—옮긴이) 식당이 여기저기 한꺼번에 생겨났다. 상카에게 마음의 안식을 주었던 그 기차역 주변도 마찬가지였다. 상카는 얼른 요령을 터득해 자신만의 사업을 시작했다. 당시 모든 가게 주인들은 그 지역 불량배들에게 일정 금액을 바쳐야 했다. 그러지 않으면 가게가 부서지거나, 사기꾼들에게 얻어맞거나, 심지어 죽임당할 수도 있었다. 하지만 상카만은 불량배들도 건드리지 않았다. 교도소에 두 번이나 갔다 오면서 범죄자들과 좋은 관계를 유지했기 때문이다. 상카는 그 점을 이용하여 기차에서 달력, 카드, 사진 같은 인쇄물을 판매하던 농인들을 전부 거둬들였다.

상카는 진지한 말투와 재치 있는 문구로 연설해 청중을 휘어잡는 법을 배웠다. 그래서 마음만 먹으면 자신이 기차역 주변을 배회하는 부랑자가 아니라, 굉장히 위엄 있는 남자라는 인상을 처음 본 사람들에게 심어 줄 수 있었다. 그리고 실제로 그랬다. 상카는 더 이상 승객들의 주머니를 털지 않았다. 이제는 다른 사람들이 상카를 위해 그 일을 했다. 그들은 그렇게 번 돈을 상카에게 매일 갖다 주었고, 상카는 그 돈 일부에 범죄 수익금을 얹어 정기적으로 경찰에게 갖다 바쳤다.

상카는 피비린내 나는 90년대를 성공적으로 통과했다. 운이 좋지 않았던 그의 친구나 부하들과는 달랐다. 그들은 이미 근처 공동묘지에 누워 있거나, 기껏해야 교도소에 들어가 쉬고 있었다. 상카도 좀 더 대담한 젊은이들에게 사업 일부를 넘겨줘야 했지만 권위는 그대로 유지할 수 있었다. 그는 기차역의 소매치기와 거지, 객차 안의 행상인들 위에 군림했다.

상카의 주변엔 언제나 사람들이 널려 있었다. 귀가 거의 들리지 않고 절뚝거리며 걷는 상카는 자신처럼 비참한 운명에 처한 사람들에게 다가가 공통점을 무기로 재빨리 그들을 유인했다. 특히 사회에서 무시당하는 아이들은 유인하기가 무척 쉬웠다. 그 아이들은 애초에 존재하지 않는 사람처럼 사회에서 외면당했지만 상카는 절대 그들을 모른 척하지 않았다. 장애인 아이들을 거리에서 데려와 기꺼이 그들의 신이 되어 주었다. 음식과 옷을 내주고, 지붕이 있는 거처도 제공해 주었다. 대신 그 아이들은 온종일 일해야 했다. 겉으로 드러나는 장애를 가진 아이들은 기차에서 구걸했고, 민첩하고 기술이 좋은 아이들은 소매치기가 되었다. 아이들도 얼어 죽거나 굶어 죽는 것보다, 더구나 장기 적출업자에게 팔려 가는 것보다는 그편이 더 나았다.

그런데 바로 이날, 아주 독특한 유형의 아이가 상카의 손에 들어온 것이다. 세르히는 상카가 데리고 있는 다른 아이들과 매우 달랐다. 괴로워 보이기는 했지만 눈빛이 살아 있었다. 평소 상카가 돌보던 비참한 아이들에게서 보이는 공허함이 이 아이의 눈빛에서는 읽히지 않았다.

상카는 세르히를 데리고 오래된 폴란드식 집들이 미로처럼 얽히고설킨 어두운 골목길을 걸었다. 그리고 검은색 철제문 앞에 멈춰 서서 누군가에게 문자를 보내고는 옆으로 물러섰다. 문이 삐걱하며 열리자 세르히를 안으로 안내한 상카는 자신도 안으로 들어온 다음 문을 닫았다. 두 사람이 좁고 음침한 복도를 따라 지하실로 내려가자, 피곤에 지친 아이들의 눈 수십 개가 그들을 바라보았다.

그곳은 상카의 아이들이 사는 곳이었다. 상카는 소나무 판자로 만든 기다란 식탁에 세르히를 앉히고는 누군가에게 빨리 저녁을 준비하라고 명령했다. 그런 다음 세르히를 보며 이것저것 물어보기 시작했다.

세르히는 이 남자가 자신을 여기로 데려온 덕분에 경찰에 잡혀가거나 기숙 학교로 돌아가지 않았다고 생각했다. 그래서 숨기지 않고 모든 걸 얘기하려 애썼다. 사실, 세르히는 이런 생각까지 했다.

'이 노인은 기차역 주변을 어슬렁거리는 그저 그런 술주정뱅이가 아니야. 경찰의 손에서 나를 이렇게 쉽게 빼 온 걸 보면, 분명 야린카를 빼 오는 일도 도와줄 수 있을 거야! 이유는 모르겠지만 내가 이 사람한테 필요한 것 같아. 어느 정도 도와주면 보답으로 나를 도와주지 않을까?'

이런 생각은 세르히에게 희망을 안겨 주었다. 세르히는 기운을 차렸다. 지하 세계의 보스인 상카가 제안하는 것이라면 그 무엇이든 받아들일 준비가 되어 있었다.

세르히는 기숙 학교에서 편안하고 쾌적한 방을 썼다. 그런데 이곳은 눅눅한 곰팡내가 진동하는 음침한 지하실로, 나무로 된 2층 침대에는 낡고 더러운 매트리스가 깔려 있었다. 세르히는 화장실 근처의 침대 위층에 자리를 잡았다. 냄새는 예상대로였지만, 꾹 참았다. 여기서 오래 머물지 않을 거라는 확신이 있었기 때문이다.

상카는 이미 경찰서에서 세르히의 손가락이 가느다랗고 예민하다는 걸 알아차렸다.

'재는 완벽한 소매치기가 될 거야. 외모도 다른 애들과 다르게 지적으로 보이지. 도둑으로 의심하는 사람은 아무도 없을 거야.'

다음 날 아침, 상카는 지하실에 방문해 세르히를 밖으로 데리고 나왔다. 그리고 첫 절도 기술 수업을 위해 기차역으로 갔다. 상카는 다른 좀도둑이나 훈련시키던 조수들이 이 소년의 무한한 잠재력을 망칠까 걱정되었다. 그래서 직접 세르히를 가르치기로 했다.

상카는 세르히를 데리고 매표소 줄에서 멀지 않은 어느 구석으로 갔다. 사람들의 관심을 끌 수 있었기 때문에, 상카는 큰 소리로 말하지 않았다. 그 대신 세르히만 알아들을 수 있도록 입술을 천천히 또박또박 움직였다.

"내가 어떻게 하는지 주의 깊게 봐. 불안해하지 말고, 그냥 보기만 해."

상카는 줄 선 사람들을 향해 절뚝거리며 걸어갔다. 그리고 마지막에 선 사람이 누구냐고 물은 뒤, 줄 끝에 가서 섰다. 몇 분 후 사람들이 상카의 존재에 익숙해져 더는 관심을 기울이지 않자, 상카는 매표소 창문을 향해 손을 흔들며 그 '기계음' 목소리로 소리쳤다.

"여기요! 누가 새치기해요!"

그러자 한바탕 소란이 일었다. 줄 앞쪽에 있는 사람들은 누가 끼어들었는지 보려고 애썼고, 뒤쪽에 있는 사람들은 앞으로 밀고 나갔다. 상카는 그 틈을 타 앞에 있는 여자에게 가까이 다가갔다. 그러더니 여자가 메고 있는 가방의 지퍼를 열고 지갑을 꺼낸 뒤 미끄러지듯 줄에서 빠져나와 군중 속으로 사라졌다.

"그래서, 뭐 좀 봤어?"

상카가 세르히 앞에 불쑥 나타나며 물었다.

세르히는 고개를 가로저었다.

“좋아, 근데 너는 내가 뭘 할지 알고 있었잖아. 지켜보긴 했는데, 아직 아무것도 보지 못했다는 거군.”

사실, 세르히는 상카가 지갑을 훔치는 걸 지켜보지 않았다. 범죄에 침묵하는 공범자가 되는 게 부끄러웠다. 하지만 참고 견뎌야 했다. 그리고 다른 사람의 지갑을 능숙하게 훔치는 기술을 배우고 싶었던 척해야 했다. 세르히는 여전히 야린카를 몰래 빼내 와 최대한 멀리 도망갈 수 있기를 바랐다. 예를 들면 오데사의 해변 같은 곳으로. 그러려면 돈이 절실히 필요했다.

세르히가 앞으로 돈이 필요하겠다는 결론에 도달한 건, 기차에서 검표원에게 붙잡혔을 때였다. 세르히는 지난밤을 뜬눈으로 지새우며 돈이 얼마나 필요한지 계산해 보았다.

‘다시는 표 없이 기차에 오르는 위험을 감수하지 않을 거야. 그랬다간 또 붙잡힐 테니까. 프란키우스크행 기찻값은 대략 50흐리벤, 그리고 거기서 야린카네 마을로 가는 버스푯값도 50흐리벤 정도 하지. 다시 프란키우스크로 돌아오려면 50흐리벤이 더 필요해. 야린카는 요금을 받지 않을 거야. 아직 어리니까. 그런데 문제는 프란키우스크에서 오데사로 가는 기차야. 여객 열차는 너무 비싸고 위험해. 그걸 타려면 서류가 필요한데, 내 서류는 기숙 학교에 있잖아. 아, 서두르지 말고 좀 더 생각한 뒤에 움직일걸. 지금쯤이면 학교에서 실종 신고를 했을 거야. 기차역에서 더 조심해야 해. 그렇지 않으면 나를 잡아서 기숙 학교로 돌려보낼 테니까. 그러니까 우리는 오데사까지 통근 열차를 이용해야 해. 그게 안전하고 저렴하지. 그래도 여전히 푯값은 300흐리벤 정도란 말이야. 푯값만 해도 그 정도인데, 오가며 뭐라도 먹어야 하잖아. 그리고 오데사에서 머물 곳을 찾아야 해. 지난여름 아빠랑 가려던 야영장에 어떻게 가는지 알 수 있었으면 좋겠다. 거기가 제일 싼 곳이라고 그랬는데.'

생각이 거기까지 미치자 가족과 함께한 기억들이 고통스럽게 밀려들었다. 세르히는 베개에 얼굴을 묻고 울음을 터트렸다. 그렇게 울다, 잠이 들었다.

아빠는 마지막 수업이 끝나기 전에 세르히를 데리러 왔다. 둘은 밖으로 달려 나갔다. 아빠가 세르히를 안아 공중으로 들어 올리며 기쁨에 겨워 소리쳤다.

"네 동생이 세상에 나왔어! 얘야, 듣고 있지? 너도 동생이 생긴 거야! 이제 우리 가족은 넷이란다!"

세르히의 엄마는 지난 몇 주 동안 병원에 있었다. 그래서 세르히도 알고 있었다. 엄마가 곧 아주 작고, 툭하면 우는 아기를 낳을 거라는 걸.

세르히와 아빠는 엄마가 아기에게 젖을 주고 2층 유리창을 통해 아기를 보여 줄 때까지 대기실에서 한참을 기다렸다. 마침내, 피곤하지만 행복해 보이는 엄마가 유리창 너머로 등장했다. 엄마는 품에 작은 보따리를 안고 있었다. 그리고 그 보따리를 유리창 가까이 조심스럽게 가져왔다. 아빠가 손을 흔들며 딸을 보기 위해 까치발을 했다.

세르히가 아빠의 소매를 잡아당기며 물었다.

"내 동생은 어디 있어요?"

"저기 있잖아. 담요에 싸여 있는데, 안 보이니?"

"저기요? 근데 저렇게 작아요? 집에 있는 곰 인형보다도 작잖아요! 재랑 어떻게 놀아요? 금방 부서지고 말걸요?"

아빠가 웃으며 세르히를 가까이 끌어당겼다. 엄마가 담요를 살짝 열어 주름진 빨간 얼굴을 보여 주었다. 아기는 자고 있었다.

엄마와 아기 이린카는 일주일도 안 되어 집으로 돌아왔다. 세르히는 아기의 곁을 잠시도 떠나지 않았다. 엄마를 도와 이린카의 옷을 갈아입히고 플라스틱 욕조에서 목욕을 시켰다. 얼마 지나지 않아 이린카가 세르히를 알아보고 이도 없는 입으로 행복하게 미소 지었을 때, 세르히는 더없이 기뻤다. 그리고 이린카가 더 자라자 세르히는 잠자리에서 온갖 이야기를 들려주었다. 이린카는 오빠 옆에 꼭 붙어 잠들곤 했다.

꿈에 빠진 세르히가 신음하며 몸을 구르다 바닥에 떨어질 뻔했다. 그때 옆에서 자고 있던 남자아이가 깨어났고, 때맞춰 세르히를 붙잡으며 소리쳤다.

"어어, 조심해! 날 수 있는 거 아니면."

잠에서 깨어난 세르히의 눈에서 눈물이 반짝였다.

첫 외출에 성공한 상카는 세르히를 데리고 바레니키 식당으로 갔다. 40년 전, 그의 스승이 열 살이었던 상카를 데리고 자신의 기술을 전수해 주기 위해 처음으로 데려갔던 그 식당이었다.

식당은 새 단장을 했고 이름도 바뀌었지만, 바레니키는 여전히 집에서 만든 것 같은 맛이 났다. 적어도 상카는 그렇게 생각했다. 엄마가 아이를 위해 일요일마다 정성껏 만드는 진짜 바레니키를 한 번도 먹어 본 적이 없었기 때문이다.

상카가 물었다.

"어때, 맛있니?"

세르히가 고개를 끄덕였다. 그러자 상카가 만족스러운 미소를 지으며 말했다.

"너는 영리하고 민첩한 아이야. 나를 믿고 열심히 배우면 크게 성공할 수 있어. 돈 많이 벌고 싶지 않아? 그러면 이런 맛있는 음식을 매일 먹을 수 있어."

세르히가 또 고개를 끄덕였다.

"좋아. 대화는 이 정도면 충분해. 이제 훈련에 들어가자."

상카의 아이들은 짝을 지어 기차에서 '일'했다. 눈에 띄는 신체장애가 있는 어린아이들은 유인물을 들고 기차 안을 돌아다니며 구걸했고, 나이가 좀 있는 농인 아이들은 그 뒤를 따라다니며 작은 달력이나 잡지, 사진, 문구류 등을 팔았다. 그러면서 어린아이들이 돈을 몰래 빼돌리는지, 그러니까 자기 돈을 따로 챙기는지 감시했다. 일종의 이중 통제였다. 그리고 저녁이 되면 아이들은 번 돈을 전부 상카에게 주었다.

재능 있는 아이들은 소매치기 담당이었다. 상카의 수익 대부분이 이 아이들에게서 나왔다. 하지만 이따금 현장에서 잡히기도 했다. 어떤 승객은 굉장히 예민해서 다른 사람의 손이 자기 주머니에 들어온 걸 알아차렸다. 관찰력이 뛰어난 누군가가 다른 사람의 지갑에 난 칼자국을 보고 소란을 피운 적도 있었다. 그렇게 해서 잡히면 그 아이는 기차역의 경찰 지구대로 끌려갔다. 그러면 상카는 오랜 친구인 코쿠덕에게 가고, 코쿠덕은 아이들을 풀어 주었다. 하지만 절대 공짜는 아니었다. 상카는 잡혔던 아이들을 데리고 와 호되게 매질했다. 그리고 빵 부스러기만 먹인 뒤 침대도 의자도 없는 어둡고 차가운 지하실에 가뒀다. 상카는 아이들이 이렇게 벌을 받고 나면 다음에는 더 조심하고 능숙하게 움직일 거라고 말했다.

한번은 세르히도 거의 잡힐 뻔했다. 출퇴근 시간 혼잡한 객차 안, 어느 승객의 뒷주머니에 꽂혀 있는 지갑이 보였다. 세르히는 그 남자 뒤로 다가갔다. 지갑을 막 꺼내려는 순간, 뒤쪽에서 누군가가 세르히의 어깨를 잡았다. 세르히가 얼른 손을 떼고 뒤를 돌아보았다. 얼마 전 기차에서 만났던 낚시꾼 중 하나가 환한 미소를 지으며 서 있었다.

"이야, 오랜만이네! 잘 지냈고?"

세르히가 훔치려 했던 지갑의 주인도 뒤를 돌아보았다. 그는 얼마 전 세르히의 편에 서서 푯값까지 내 주려 했던 낚시꾼이었다. 그 낚시끈도 세르히의 어깨를 두드리며 반가운 목소리로 말했다.

“그래, 너였구나! 그동안 잘 지냈니? 그 못된 검표원 때문에 꽤 힘들었을 거야, 그렇지?”

세르히의 기분은 더할 나위 없이 슬프고 끔찍했다. 부끄러운 마음에 얼굴이 새빨개졌다. 그냥 땅속으로 꺼져 버렸으면 좋겠다는 생각이 들었다. 다행히도 그때 마침 기차가 역에 멈췄고, 세르히는 얼른 승강장으로 뛰어내렸다. 그리고 기차역 밖으로 뛰어나가며 생각했다.

‘어떻게……, 어떻게 이런 일이 생길 수 있지? 나를 위해 편들어 주었던 사람인데, 나를 도와주려 했던 사람인데……. 대체 내가 무슨 짓을 한 거지? 그런 사람의 지갑을 훔치려 했어! 나는 도둑이야!’

세르히는 한참 동안 낯선 동네를 헤매고 돌아다녔다. 그리고 자정 무렵에야 마지막 통근 열차를 타고 르비우로 돌아갔다. 상카는 세르히가 붙잡혀서 경찰서에 갇혀 있는 게 분명하다고 생각했다. 세르히는 상카를 진정시키기 위해 거짓말을 해야 했다. 세르히의 머릿속에 새로운 계획 하나가 떠올랐다.

롬치크

상카의 지하실에서 지내는 아이들이 전부 소리를 들을 수 없는 건 아니었다. 몇몇은 청력에 아무 문제가 없었다. 하지만 세르히는 그들과 비교했을 때 자신은 완전히 건강한 편이며, 자신의 운명에 관해 절대 불평해선 안 된다고 생각했다. 세르히와 나이가 같은 롬치크는 그중에서도 단연 눈에 띄었다.

롬치크는 태어날 때부터 양쪽 팔이 없었다. 부모는 병원에서 롬치크를 낳고 집으로 데려가지 않았다. 롬치크는 보육원으로 보내졌고 그곳에서 보살핌을 받다가 네 살이 되었을 때 신체장애인 아동을 위한 기숙 학교로 옮겨졌다. 그리고 시간이 지나면서 다리를 이용해 생활하는 법을 익혔다. 롬치크는 특수 끈이 달린 바지를 입었고, 그 끈을 이로 잡아당겨 벗을 수 있었다. 밥을 먹을 때는 오른쪽 발가락 사이에 숟가락을 끼웠다. 롬치크가 유일하게 내켜하지 않았던 일은 학교에 가는 것이었다. 이로 연필을 물고 어떻게든 글을 써 보려 했지만, 번번이 실패했다. 같은 반 친구들도 각기 다른 장애가 있었지만, 양쪽 팔이 없는 아이는 롬치크뿐이었다.

어느 날, 누군가가 르비우에서 열리는 서커스 표를 기숙 학교에 기부했다. 학교에선 르비우로 가기 위해 버스를 빌리려 했으나 너무 비싸 대신 기차를 타기로 했다. 아이들과 함께 선생님 두 명이 동행했고, 혹시 누군가 아플 수 있어 간호사 한 명도 같이 갔다.

공연이 시작되기까지 아직 한 시간 이상 남아 있을 때였다. 선생님들은 아이들에게 그동안 서커스장 옆 공원에서 놀라고 했다. 롬치크는 소변을 보고 싶었다. 그는 독립심이 강한 편이어서, 할 수만 있다면 다른 사람에게 도움을 요청하지 않고 스스로 해결하려 했다. 그래서 누가 보지 못하도록 몸을 돌려 조용한 골목 쪽으로 향했다. 돌로 만든 아치형 출구를 지나 정사각 모양의 안뜰로 들어간 롬치크는 어느 나무 아래 멈춰 섰다. 그리고 이로 어깨에 있는 끈을 잡아당겨 바지를 벗으려 했다. 그때 갑자기 누군가가 롬치크의 멱살을 잡았다. 롬치크는 처음에 학교 친구들이 자신을 따라왔다고 생각했다. 하지만 고개를 돌리니 처음 보는 남자가 서 있었다. 남자는 단호한 목소리로 물었다.

"여기서 뭐 하는 거지? 내 안마당을 똥구덩이로 만들 작정이야?"

남자의 목소리는 낯설고 느리며 어딘가 귀에 거슬렸다. 롬치크는 몸을 획 돌려 남자의 손아귀에서 벗어났다. 그리고 출구를 향해 달리려 했지만 나무뿌리에 걸려 넘어지고 말았다. 롬치크는 어릴 때

자주 넘어졌다. 양쪽 팔이 없어 균형을 잡기가 매우 어려웠기 때문이다. 다시 일어나는 건 더 어려웠다. 그래서 한동안 안전하게 넘어지고 재빨리 일어나는 법을 배웠었다. 하지만 르비우의 서커스장 옆 마당에서, 극심한 두려움이 롬치크의 근육을 마비시켰다. 롬치크는 일어설 수 없어 좌우로 몸을 흔들며 버둥거렸다. 남자가 절뚝거리며 다가와 롬치크를 일으켜 세웠다. 그리고 이번에는 좀 더 부드러운 목소리로 말했다.

“겁먹지 마, 해치지 않으니까. 오히려 난 너한테 도움을 줄 수 있지. 어때, 아이스크림 먹으러 갈래?”

롬치크는 어떤 아이스크림도 원하지 않았다. 큰 소리로 비명을 질러 도움을 요청하고 싶었지만, 두려움이 근육뿐만 아니라 목소리도 마비시켰다. 남자는 롬치크의 어깨를 꽉 움켜쥐고 아무도 없는 안뜰을 나가더니 롬치크를 어딘가로 이끌었다. 남자의 말은 거짓말이 아니었다. 정말로 롬치크에게 아이스크림을 사 주었기 때문이다. 하지만 그 후에 롬치크를 서커스장으로 데려다준 것이 아니라, 아이들 몇 명이 더 있는 지하실로 데려갔다.

한 달이 넘도록 롬치크는 그 지하실에서 나갈 수 없었다. 실종 아동 찾기 게시판에 붙은 롬치크의 포스터는 다른 포스터들에 뒤덮였고 버스 정류장과 전봇대에 붙은 롬치크의 사진들은 바람에 갈기갈기 찢어졌다. 수색대 역시 더는 의미가 없어 해산했고, 기숙 학교에서 왔다가 실종된 장애인 고아에 관한 소문도 곧 잠잠해졌다. 특히

나 학교가 르비우에서 200킬로미터나 떨어진 다른 지역에 있어서 더 그랬다. 어두운 지하실에 갇혀 있다 오랜만에 밖으로 나온 롬치크의 얼굴은 꼭 죽은 사람처럼 창백했다. 같이 있던 남자아이 중 하나가 놀라서 휘파람을 불며 말했다.

"우와, 뱀파이어 영화에 출연해도 되겠는데!"

상카는 서서히 롬치크를 자신의 '사업'에 참여시키기 시작했다. 매일 아침 롬치크는 밴을 타고 다른 신체장애인 아이들과 함께 기차역으로 갔다. 다리가 없는 아이들은 기차역 건너편 광장의 버스 정류장 매표소 옆이나 전차, 버스 정류장, 주차장 출구, 승강장처럼 유동 인구가 많은 곳에 배정되었다. 걸을 수 있는 아이들은 통근 열차에 올라타 유인물을 돌리며 구걸해야 했다. 그러면서도 자신의 장애를 부각해 승객들이 돈을 더 많이 내도록 만들어야 했다. 소매치기들은 기차에서 자신들의 '일'을 하며 동시에 누군가가 상카의 아이들을 해치지는 않는지, 그리고 그 아이들이 속임수를 쓰지는 않는지 감시했다. 이중 통제, 상카의 아주 중요한 규칙이었다.

롬치크는 점점 자신의 운명을 받아들였다. 그러자 상카의 지하실 생활이 기숙 학교보다 나쁘지 않게 느껴졌고, 때로는 더 재밌기까지 했다. 특히 아이들 중 하나가 본드나 아세톤을 가져와 다 같이 들이마시고 취할 때가 그랬다. 잠깐의 행복감 뒤에는 언제나 메스꺼움, 구토, 두통, 뼈 통증 같은 후유증이 뒤따랐다. 하지만 이런 습관을 포기하기엔 이미 너무 늦어 버렸다.

상카는 세르히에게 기술을 전수하면서, 다른 아이들과 함께 본드 냄새를 맡으면 안 된다고 경고했다. 그러면서 씁쓸함이 묻어나는 목소리로 이렇게 말했다.

"내가 없으면 다 한다는 거 나도 알아. 본드 냄새를 맡고, 양귀비 즙으로 아편을 만들고, 아세톤을 흡입하는 건 좋지 않은 일이야. 하지만 그 애들은 거기서 즐거움을 얻는단 말이지. 그러면서 서로 친해지고. 그러니 내가 어떻게 하지 말라고 하겠어? 가뜩이나 운도 없는 애들인데. 언젠가는 그것 때문에 애들 인생이 망할 테지만, 지금은 뭐……, 그렇게 취해 있도록 둬야지. 하지만 나는 그 애들을 걱정하고 있어. 다른 사람들은 아무도 신경 쓰지 않지만, 나는 신경 쓴다니까. 그 애들은 나랑 있으면 편안해해. 적어도 내가 도와주는 방식에 있어서 불만은 없지."

상카는 턱을 치켜들고 열정적으로 말했다. 마치 진심으로 자신이 이 불쌍한 아이들의 구세주로서 최선을 다하고 있다고 믿는 듯 말이다. 아니, 어쩌면 세르히에게 자신을 정당화하고 있었는지도 모른다. 하지만 세르히는 그에게 요만큼의 동정심도 느끼지 못했다. 세르히는 상카가 아이들의 행복과 기쁨에는 전혀 관심이 없고, 어떻게 하면 그들의 희생으로 자신의 주머니를 채울 수 있을지에만 관심이 있다는 걸 아주 잘 알고 있었다. 아이들에게 관심이 있었다면 매일 밤 돈을 전부 가져가지 않았을 것이다. 그리고 아이들을 그렇게 더러운 지하실에 가두지도 않았을 것이다. 본드와 아세톤이 아니어도 아이들은 이런 환경에서 충분히 감염되거나 아플 수 있었다. 그렇지만 결국 아이들이 병든 것처럼 아파 보이는 건 상카에게 유리한 일이었다. 사람들이 아이들을 불쌍히 여겨 돈을 더 주었기 때문이다. 세르히는 그 사람들도 사기꾼이자 도둑인 상카보다 나을 게 없다고 생각했다. 그들 중 누구도 아이들을 말리지 않았고, 아이들에게 부모님이 누구인지, 또는 어디서 왔는지, 왜 혼자 기차에서 구걸하는지 묻지 않았기 때문이다. 그들은 그저 아이들이 내민 손에 동전 한두 푼을 쥐여 준 뒤 얼른 고개를 돌렸다. 그들의 기부는 마치 뇌물과 같았다. 돈을 받은 아이들은 얼른 그 앞을 지나감으로써 자신들의 출현으로 인해 세상의 조화가 깨지지 않게 했다. 그 사람들은 기껏해야 장애인 아동과 그 가족이 이런 비참한 삶에서 벗어날 수 있게 해 달라고 신에게 간청할 뿐이었다. 그리고 2분 뒤면 그 아이들을 잊어버릴 것이다.

세르히는 상카에게 이런 이야기를 절대 하지 않았다. 그저 상카를 바라보며 열심히 듣는 척만 했다.

상카가 계속해서 말했다.

"너는 다른 아이들과 달라. 네 앞에는 멋진 미래가 펼쳐져 있지. 내가 처음 이 일을 시작할 땐 옆에서 도와주는 사람이 아무도 없었어. 하지만 네 옆엔 내가 있지. 언젠가는 내 사업도 너한테 물려줄게. 어때, 관심 있어?"

세르히가 고개를 끄덕이며 생각했다.

‘누가 당신 사업에 관심이 있겠어? 더러운 지하실에, 장애인 아이들 몇십 명이 전부인 사업에. 1000흐리벤만 벌면 당장 여기서 나갈 거야.’

하지만 다음 순간, 세르히는 자신 역시 이 스승보다 더 나을 게 없다고 생각했다. 부정한 방법으로 1000흐리벤을 벌겠다고 생각했기 때문이다. 하지만 르비우를 떠나 야린카를 찾을 방법이 아직은 이것뿐이었다.

기차역의 나날

매일 아침 출근 시간이 되면 세르히는 선배들과 함께 '일' 하러 나갔다. 세르히는 우선 선배들을 지켜보았다. 그들은 군중 속에서 먹잇감을 고른 뒤 몸으로 승객들의 시야를 차단했다. 그런 다음 주의를 분산시켰고, 그동안 소매치기가 칼로 몰래 가방을 찢은 뒤 지갑을 꺼냈다. 세르히는 통찰력과 관찰력, 민첩성을 기르는 훈련도 했다. 저녁에 다른 아이들이 지하실로 돌아오면 그들을 상대로 연습했다. 아이들 중 한 명의 주머니에 뭔가를 몰래 넣었다가 나중에 몰래 꺼내는 연습이었다. 농인 아이를 속이는 일이 가장 어려웠다. 아주 작은 공기 진동도 피부로 느끼고 '들을' 수 있기 때문이었다. 청력을 잃으면 다른 감각이 예민해지기 마련이니까.

2주간의 연습 후, 세르히는 소매치기로 나서게 되었다. 우선은 상카가 세르히에게 처음으로 자신의 기술을 보여 주었던 그 기차역 매표소 근처로 갔다. 한창 휴가철이어서 수많은 사람이 귀한 기차표를 구하려고 매표소 앞에 줄 서 있었다. 사람들은 몇 시간씩 기다리느라 지쳐 있었고 마침 무언가를 두고서 다투고 있었다. 그래서 커다란 여행용 가방을 옆에 두고 어깨에 핸드백을 멘 여자 뒤로 어떤 남자아이가 다가가는 것을 전혀 신경 쓰지 않았다. 세르히는 너무 불안해서 심장이 쿵쾅쿵쾅 뛰었다. 거의 가슴 밖으로 튀어 나갈 것 같은 정도였다. 실력은 자신 있었지만, 자신의 눈이 모든 걸 망칠까 봐 두려웠다. 너무나도 부끄러웠기 때문이다. 그래서 지갑 주인과 눈을 마주치지 않으려고 애써 고개를 돌렸다. 마침내 지갑이 손에 들어왔을 때, 세르히는 다리가 솜으로 만들어진 사람처럼 천천히 걸어 선배 중 하나에게 지갑을 건넸다. 그리고 군중 속으로 스며들었다. 다른 선배가 다가와 세르히의 팔을 잡더니 인파 밖으로 이끌어 신선한 공기를 마시게 했다. 그런 다음 수어로 얘기했다.

"다 끝났어. 진정해. 너도 이제 우리 팀이야. 축하해!"

세르히는 불끈불끈 뛰는 관자놀이를 진정시키려 애쓰며 두 손으로 머리를 움켜쥐었다. 분명 행복해야 했다. 처음으로 돈을 벌었으니까. 하지만 관자놀이에서 핏줄이 힘차게 솟아오를 때마다 한 가지 생각이 같이 널뛰어 머리가 터질 것만 같았다.

'나는 도둑이야! 나는 도둑이야! 나는 도둑이야!'

사실이었다. 세르히는 상카보다 더 나은 사람이 아니었다. 감옥에 가야 했다. 야린카 아빠가 최근까지 있었던 그 감옥으로. 다시 말해, 세르히는 야린카 아빠보다 더 나은 사람이 아니었다. 그럼 대체 무슨 권리로 세르히가 야린카를 그 아빠에게서 구해 줄 수 있을까?

선배는 반쯤 정신이 나간 세르히를 끌고 화장실로 갔다. 그런 다음 세면대 위로 몸을 구부리게 하고 수도꼭지를 틀었다. 세르히가 움찔하며 벗어나려 했지만, 선배의 손이 차가운 물줄기 아래 세르히의 머리를 단단히 붙잡고 있었다.

그날 저녁, 상카는 세르히를 데리고 자신이 제일 좋아하는 그 식당으로 갔다. 세르히의 성공적인 데뷔를 기념하기 위해서였다. 세르히는 이미 충격에서 벗어났고, 이제는 바레니키로 배를 채우고 있었다. 아이들은 지하실에서 주로 국수나 죽, 빵, 차로 끼니를 때웠다. 그리고 간식을 먹을 수 있는 건 아이들이 내민 손에 승객들이 돈 대신 과자나 사탕, 과일을 올려 주었을 때뿐이었다. 상카는 매일 밤 현금만 가져가고 음식은 그대로 뒀다. 마치 이렇게 말하는 것 같았다. "자, 내가 얼마나 정이 많은 사람인지 한번 보라고."

몇 주 더 실습한 뒤, 세르히는 소매치기 조직의 정식 일원이 되었다. 군중 속에서 '낙오자'가 누구인지 확실히 알아내는 법과 그 사람의 주머니를 손쉽게 터는 법을 배웠다. 매일 저녁 상카에게 돈을 건네주면 늙은 도둑은 만족스러운 표정으로 세르히의 등을 토닥토닥 두드렸다. 그러면서 세르히의 개인 통장에 돈을 입금해 이자를 불리고 있다고 말했다. 물론 세르히는 그 말을 믿지 않았지만, 지하실의 다른 아이들은 조금의 의심도 없이 자신들의 지도자를 믿고 따랐다. 상카는 아이들에게 개인 통장 이야기를 들려주며 아버지 같은 사랑이 어쩌고저쩌고했다. 아이들은 사실 상카가 자신들을 사랑하는 게 아니라 이용하고 있다는 걸 전혀 깨닫지 못했다. 세르히와 달리 이 아이들은 그걸 볼 수 없었다. 대부분이 정상적인 가족에서 자라지 못했고, 사랑받는다는 느낌이 뭔지 도저히 상상할 수조차 없었기 때문이다.

세르히를 제외하고 지하실에 사는 아이 중 오직 한 남자아이만이 상카를 맹목적으로 존경하지 않았다. 바로 롬치크였다. 롬치크는 상카가 자신을 어떻게 이 냄새 나는 지하실로 유인해 왔는지, 그리고 어떻게 구걸을 강요했는지 아직도 생생히 기억했다.

세르히는 롬치크가 상카 앞에서 굽신거리지 않고 오직 슬픔과 절망에 빠져 일하고 있다는 사실을 눈치챘다. 이 지하실 세상에서 나이가 있는 아이들은 어린아이들에게 청소와 빨래, 요리, 설거지 등을 요구하며 그 위에 군림했다. 대신 그 대가로 어린아이들에게 담배를 주거나 본드와 아세톤 흡입 방법을 알려 주었다. 하지만 그들도 롬치크에게만은 집안일을 강요하지 않았다. 양쪽 팔이 없었기 때문인데, 그래도 담배는 가끔 나눠 주었다.

어느 날 롬치크가 바닥에 나른하게 누워 있는 세르히에게 담배를 말아 달라고 부탁했다. 세르히는 담배 연기를 싫어했지만, 오래된 신문을 찢은 뒤 롬치크의 작은 담뱃잎 주머니를 열어 신문지 위에 톡톡 털었다. 그런 다음 신문지 가장자리를 핥아 깔끔하게 말아 붙이고는 끝에 불을 붙인 뒤 친구에게 건넸다. 롬치크는 기분 좋게 한 모금을 들이마시고 훅 내뿜었다. 다른 아이들은 텔레비전에서 나오는 액션 영화를 보느라 옆에서 담배를 피우는 롬치크에게 관심을 기울이지 않았다. 세르히가 롬치크의 가슴을 콕콕 찌른 뒤 양 손바닥을 위로 향하게 가지런히 모아 책을 펼친 시늉을 했다. 그런 다음 책을 읽는 것처럼 머리를 왼쪽 오른쪽으로 움직였다.

롬치크가 물었다.

"글을 읽을 수 있냐고 묻는 거야?"

세르히가 고개를 끄덕였다.

"조금, 그것도 아주 짧은 단어로만. 학교를 거의 안 나갔거든."

세르히가 조금 전 담배를 말려고 한 장 찢었던 신문지와 연필을 가져왔다. 그러고는 신문지 여백에 얼른 글을 갈겨썼다.

'난 여기가 싫어. 너도 그렇지? 같이 도망가자.'

롬치크가 글을 읽고는 놀란 표정으로 세르히를 쳐다보며 물었다.

"진심이야? 어디로 가려고? 너는 귀가 안 들려. 나는 팔이 없고. 대체 나가서 뭘 하자는 거야? 먹고살 돈은 어디서 구하고?"

'너는 기숙 학교로 돌아가면 돼. 나는 내 여동생, 야린카한테 가면 되고.'

세르히가 적었다.

"그 학교에 나를 원하는 사람이 있을까? 너는 정말로 그 사람들이 실종된 나를 애타게 찾은 이유가 나를 걱정해서라고 생각하는 거야? 아냐, 그 사람들은 그냥 두려웠을 뿐이야. 자신들의 부주의로 내가 실종돼서 감옥에 가게 될까 봐. 어쩌면 이런 일이 벌어진 게 실제로 그 사람들의 부주의 때문이었는지도 모르지. 내가 어떻게 알겠어. 어느 쪽이든 상관도 없어. 그래, 나도 여기가 싫어. 하지만 여기 말고 더 나은 데가 있을까? 기숙 학교를 마치면 그다음엔 어디로 가? 우리 부모님은 나한테 등을 돌렸고, 나는 집도 없어. 장애 연금이라고 해 봐야 노숙자 쉼터의 2층 침대를 하나 구하면 끝이야. 그리고 내가 할 수 있는 일은 딱 하나, 교차로에 앉아 구걸하는 것 말고는 없어. 그마저도 술 취한 사람이 와서 뺏어 갈까 봐 항상 두려움에 떨어야 하지. 나는 그러지 말라며 그 사람 얼굴을 한 대 칠 수도 없어. 이런데도 내가 같이 움직여야 해? 도망가고 싶으면 너나 가. 상카한테 이르지는 않을 테니까."

'혼자서는 안 돼. 도움이 필요해.'

"무슨 도움? 너는 당장 지금이라도 나갈 수 있어. 상카가 여기서 나가지 못하게 붙잡아 둔 사람은 아무도 없어. 상카도 알고 있거든. 우리 중 누구도 떠나지 못할 거란 걸. 저 위에 있는 사람들은 거짓말쟁이들이고, 우리 같은 장애인들한테 관심을 쏟는 사람은 아무도 없으니까! 상카는 못된 사람이지만, 적어도 우리한테 신경은 쓰고 있다고! 무슨 말인지 알겠어?"

세르히는 롬치크의 목소리를 들을 수 없었지만, 롬치크가 소리치고 있다는 건 알 수 있었다. 지하실에 있던 다른 아이들이 재빨리 주위를 둘러쌌다. 싸움이 벌어졌다고 생각한 모양이었다. 한 아이가 싸움을 부추겼다.

"자, 롬치크, 어서 때려! 성룡처럼 얼굴을 발로 힘껏 갈기라고!"

하지만 아무도 싸움 구경은 할 수 없었다. 세르히가 사과의 표시로 오른쪽 손바닥을 왼쪽 손바닥 위로 쓰다듬은 뒤 신문지를 잘게 찢었기 때문이다. 세르히는 침대로 올라가 벽을 보고 누웠고, 아이들은 다시 영화를 보러 돌아갔다. 롬치크가 머리로 세르히를 콕콕 찔렀다. 그리고 세르히가 돌아눕자 부드럽게 말했다.

"화내서 미안해. 이런 상황에 완전히 지쳐 있었거든. 그런데 도와 달라고?"

세르히가 손가락 세 개를 모아서 비볐다.

"돈?"

롬치크가 놀라서 물었다.

"내가 돈을 어디서 구해? 나도 너처럼 상카한테 다 주잖아."

세르히는 바닥으로 뛰어내려 연필을 집어 들고 다시 신문지 여백에 썼다.

'다음에 우리 둘이 일하러 나가게 되면 현금을 조금 숨겨 두자.'

세르히는 친구가 다 읽을 때까지 기다렸다가 신문지를 잘게 찢었다. 롬치크는 생각에 잠겼다. 그런 다음 고개를 한쪽으로 기울여 귀 뒤를 어깨에 대고 비볐다. 그리고 마침내 무거운 한숨을 내쉬며 말했다.

"아, 무섭긴 하다. 상카가 냄새를 맡으면 우리를 죽인 뒤 밤에 철

길에 던져 버리고 말 거야. 나이 든 선배들이 그랬거든. 돈을 몰래 빼돌리다 걸리면 그렇게 된다고. 하지만 괜찮은 생각인 것 같아. 현금을 눈에 띄지 않을 만큼 조금씩만 숨기면 성공할 수 있을지도 몰라. 음, 그래, 좋아. 한번 해 보자."

롬치크가 세르히에게 살짝 윙크한 뒤 오른쪽 어깨로 세르히를 툭툭 치며 악수하는 시늉을 했다.

이틀 후, 세르히와 롬치크는 함께 '일'할 기회를 얻었다. 하지만 운이 좋은 날은 아니었다. 공휴일이어서 일하러 나온 사람이 없었기 때문에, 돈을 구걸하거나 지갑을 훔치기가 쉽지 않았다. 두 사람은 겨우 50흐리벤을 벌었다. 상카가 너무 적게 벌어 왔다고 한 소리 할 게 뻔했다. 분명 이렇게 말할 것이었다. "너희는 충분히 노력하지 않았어."

기차역 출구에서 세르히는 자신을 상카에게 팔아넘겼던 경찰관을 발견했다. 코쿠덕은 담배 가판대 옆에 서서 매부리코의 뚱뚱한 여자와 언쟁을 벌이고 있었다. 세르히는 멈춰 선 채 더 나아갈 엄두를 내지 못했다. 르비우에 온 첫날부터 이 경찰이 두려웠고, 언제나 마주치지 않으려 노력했다. 롬치크가 놀란 표정으로 친구를 쳐다보며 물었다.

"뭐야, 코쿠덕을 무서워하는 거야? 그러지 않아도 돼. 저 사람은 무섭지도 않고, 우리를 건드리지도 않아. 상카가 꼬박꼬박 돈을 갖다 바치거든. 그런데 저기 있는 코쿠덕 부인은 진짜 마녀야! 폴타바

출신인데, 거기 여자들은 다 마녀라고 사람들이 수군거리더라고. 나도 마녀는 확실히 알아. 영화에서 봤거든. 거기 나온 마녀가 저 여자랑 똑같이 생긴 거 있지? 매부리코에 사악한 눈을 하고 꾀죄죄한 차림으로 막 소리를 지르는데……. 아무튼, 저 가판대에서 담배를 훔치려고 하면 저 여자가 하도 소란을 피워서 사람들뿐만 아니라 비둘기까지 시장 광장에서 사라진다니까. 자, 얼른 가자. 무서워하지 말고. '고통이 없으면 얻는 것도 없다.' 아니면, 이건 어때? '늑대가 겁나면 숲에 들어가지 말라.' 사실, 저 사람들은 늑대도 못 돼. 시체나 먹고 사는 자칼일 뿐이지. 난 본 적 없긴 하지만, 상카가 저 사람들을 그렇게 부르더라고."

세르히가 피식 웃었다. 코쿠덕 부부는 언제나 굶주려 수척한 자칼이 아니라 아주 잘 먹어 통통한 코뿔소처럼 보였기 때문이다.

지하실로 돌아가는 길, 세르히와 롬치크는 프리보크잘나 시장 옆을 지나쳤다. 롬치크가 제안했다.

"아이스크림 먹고 갈까? 우리라도 기운 내게."

시장 입구에 들어서니 사람들이 한곳에 모여 있었다. 모두 고개를 숙인 채 둥글게 서 있었는데, 이따금 환호성을 지르거나 큰 소리로 항의했다. 팔을 흔드는 사람도 있었고, 화를 내며 침을 뱉은 뒤 자리를 떠나는 사람도 있었다. 세르히와 롬치크는 호기심이 일었다. 그래서 군중 쪽으로 걸어가 틈을 비집고 들어갔다.

젊은 남자가 도보 턱에 앉아 있었고, 그 앞에는 빈 상자 위에 네

모난 판지가 놓여 있었다. 남자는 판지 위에 엎어 놓은 하얀색 컵 세 개를 능숙한 솜씨로 요리조리 섞고 있었다. 그중 하나의 컵 안에는 작은 플라스틱 공이 들어 있었다. 공이 어느 컵 안에 있는지 맞히는 사람이 돈을 딸 수 있는 게임이었다.

"아, 야바위 게임. 난 또 뭐라고. 좀 재밌는 건가 했는데. 가자."

롬치크가 실망한 표정으로 말했다.

세르히는 고개를 가로저었다. 가고 싶지 않았다. 사람들이 왜 매번 맞히지 못하고 돈을 잃는지 이해할 수 없었다.

"뭘 하려는 거야?"

롬치크가 어깨로 세르히를 툭툭 치며 말했다.

"얼른 가자니까!"

그 순간 야바위꾼의 신들린 손놀림이 끝났고, 세르히는 자신 있게 가운데 있는 컵을 가리켰다.

"얘야, 너도 하는 거니?"

야바위꾼이 싱긋 웃으며 물었다.

세르히는 고개를 끄덕였다.

"좋아, 그러면 돈을 내야 해. 한 판에 50흐리벤. 네가 틀리면 그 돈은 나한테 줘야 해. 네가 맞히면 그 돈에다가 내 돈 50흐리벤을 얹어 주지. 어때, 좋아?"

세르히가 돈을 꺼내려고 주머니에 손을 넣자 롬치크가 소리쳤다.

"뭐 하는 거야, 이 바보야! 빈손으로 돌아가면 상카가 우릴 죽일 거라고!"

세르히는 롬치크의 말을 무시하고는 조금의 망설임도 없이 50흐리벤을 셌다.

야바위꾼이 가운데 있는 컵을 집어 들었다. 정말로 거기에 공이 있었다. 사람들은 만족스러운 듯 서로 중얼거렸다. 남자는 판지 위 세르히 돈 옆에 자신을 돈을 올려놓았다. 그런 다음 그 돈을 손으로 덮고 세르히에게 물었다.

"한 판 더 할래? 넌 아주 똑똑한 아이 같구나."

세르히는 동의했다. 롬치크에게 팔이 있었다면 진작에 친구를 이 사기꾼들에게서 멀리 떼어 냈을 것이다. 하지만 세르히가 위험한 도박에 빠져드는 걸 그저 지켜볼 수밖에 없었다.

지난해 내내 세르히는 수어와 입술 읽기를 배웠다. 그러면서 시각이 날카로워졌다. 세르히는 손가락과 손의 아주 작은 움직임도 감지할 수 있었다. 그래서 야바위꾼의 교묘한 수법을 쉽게 알아차리고 매번 정확하게 공이 어디 있는지 찾아낼 수 있었다. 사람들은 웅성웅성 떠들며 이 행운의 아이를 응원하기 시작했다. 그러자 바람잡이 중 하나가 롬치크를 인파 밖으로 끌고 나갔다.

"너희 뭐 하는 녀석들이야? 아주 그냥 엉덩이를 냅다 걷어차 버려? 저기 있는 네 친구한테 가서 말해. 그리고 얼른 둘 다 돈을 갖고 여기서 꺼져. 안 그러면 팔을 뜯어 버릴 줄 알아! 어, 잠깐, 이미 누가 그렇게 했잖아. 다른 사람 사업장을 기웃거리고 왔나 보지, 응?

자, 얼른 서둘러!"

겁에 질린 롬치크는 다시 군중 속으로 스며들어 몇 번이나 세르히의 무릎을 쳤다. 하지만 세르히는 게임에 너무 몰두한 나머지 그냥 손을 흔들기만 할 뿐이었다. 롬치크는 세르히에게 몸을 완전히 기댔다. 두 사람은 그대로 넘어졌고 상자가 뒤집히며 컵들이 사방으로 데굴데굴 굴렀다. 구경꾼들은 세르히가 돈을 더 벌지 못하도록 사기꾼 중 하나가 일부러 아이들을 밀었다고 생각했다.

한 남자가 화가 나서 소리쳤다.

"이 인간쓰레기들!"

그러고는 야바위꾼에게 덤벼들었다. 그러자 다른 바람잡이들이 막아서며 달려들었다. 싸움이 벌어지고 주변은 난장판이 되었다. 세르히는 간신히 그곳에서 빠져나와 바닥에서 힘없이 몸부림치고 있는 롬치크를 일으켜 세웠다. 둘은 돈도 다 잊었다. 사기꾼들에게 잡혀 짓밟히기 전에 최대한 빨리 그곳을 빠져나와야 했다.

그날 밤 상카는 매우 실망했다. 아이들이 전부 돈을 적게 가져왔기 때문이다. 세르히와 롬치크는 아예 빈손으로 왔다. 게다가 옷도 찢어지고 온몸이 멍과 긁힌 상처로 가득했다. 둘은 통근 열차가 텅텅 비어 구걸하거나 지갑을 훔칠 수 없었다며 상카를 설득하려 애썼다. 롬치크는 자신과 세르히를 위해 변명을 늘어놓았다.

"정말 거지 같은 날이었어요! 운이 나빴다고요. 사람도 없고 돈도 없고. 거기다 기차역 앞에 있는 그 철도용 자갈에서 넘어진 거 있죠? 세르히가 나를 붙잡으려고 했는데, 얘도 균형을 잃고 넘어졌어요. 그러면서 자갈에 심하게 부딪혔죠. 정말 운이 나빴어요. 에이, 바보같이!"

롬치크는 최대한 그럴듯하게 꾸미려 했지만, 노련한 상카는 즉시 롬치크가 거짓말하고 있다는 걸 알아챘다. 뭔가를 숨기고 있는데 너무 무서워서 말을 못 하는 것 같았다. 그래서 따로따로 물어보기로 했다. 상카는 먼저 롬치크를 데리고 나갔다. 오랫동안 이것저것 캐물었지만, 롬치크는 끄떡도 하지 않았다. 상카는 롬치크를 보내고 세르히를 불렀다. 세르히가 지하실에서 나오자 상카는 세르히의 손을 잡고 절뚝거리며 걸어갔다. 그러고는 마당 한가운데 있는 의자에 세르히를 앉혔다. 상카는 맞은편에 앉았다.

"내가 널 어떻게 생각하는지 잘 알고 있을 거야. 너에 대한 기대가 커. 그래서 기술도 직접 전수하며 아낌없이 지원해 주고 있지. 그러니까 받으면 받은 만큼 나한테 돌려줘야 하는 거야. 나는 다 알고 있어. 롬치크가 입을 열었거든. 그래도 이렇게 묻는 이유는 네가 나한테 얼마나 정직한지 확인하고 싶어서야. 그러니까 어서 얘기해 봐."

세르히의 팔뚝이 두려움으로 차갑게 굳었다.

'롬치크가 정말 다 말했을까? 야바위 게임이랑, 돈을 갖고 도망치자고 설득한 것까지?'

세르히는 공포에 질려 어떻게 해야 할지 고민했다. 무릎을 꿇고

용서라도 빌어야 하나? 하지만 상카가 거짓말하는 거라면? 끝까지 아무 일도 없었다고 우겨야 하나? 세르히의 머리는 이런저런 의심으로 폭발 직전이었다. 그러는 동안 상카는 세르히를 뚫어지게 쏘아보고 있었다.

순간, 세르히의 머릿속에 '고르디우스의 매듭'이 떠올랐다. 아무도 풀 수 없었던 매듭을 알렉산더 대왕이 간단히 칼로 잘라서 풀어 버렸다는 고대 그리스 전설이었다. 세르히의 아빠는 누군가를 위로하고 싶을 때 종종 이렇게 말했다.

"해결할 수 없는 복잡한 문제에 너무 오래 매달리지 마. 그러다 더 꼬여 버리는 수가 있으니까. 차라리 알렉산더 대왕처럼 칼로 끊어 버려. 그러면 더는 문제가 없지."

세르히는 이 기억이 아빠가 내민 도움의 손길처럼 느껴졌다. 다른 세상 어딘가에서 세르히를 지켜보던 아빠가 아들에게 어떻게 해야 하는지 조언해 주려는 것 같았다.

세르히는 혼자 괴로이 고민하는 대신 그냥 이 매듭을 끊어 버리기로 했다. 그래서 상카를 있는 힘껏 밀친 뒤 도망쳤다. 상카가 놀라서 균형을 잃고 의자에서 떨어졌다. 절뚝거리는 다리로는 세르히를 따라잡을 수 없으니, 쫓아가 봐야 소용없었다. 사실 쫓아가야 할 이유도 없었다.

상카가 투덜거리며 일어났다.

"참 나, 요것 봐라. 이런 대도시에서 혼자 얼마나 버티는지 어디 한번 보자고. 당장 내일이라도 기어들어 와서 잘못했다고 싹싹 빌걸? 들어오기만 해 봐. 내가 아주 혼꾸멍내 줄 테니까. 만약 안 기어들어 오면 내 친구들이랑 경찰들한테 연락하면 돼. 어떡해서든 찾아내서 완전히 비틀어 쥐어짜 주지. 다른 녀석들한테 본보기로 말이야. 이 빌어먹을 놈, 너는 지금 넘지 말아야 할 선을 넘었어."

세상에 나쁜 놈들만 있는 건 아니다

한낮의 더위에 지친 세르히는 자동차 뒷좌석에서 잠을 자고 있었다. 아빠는 운전대를 손가락으로 토드락토드락 두드렸고, 엄마는 전화로 친구와 한참을 떠들고 있었다. 여섯 살짜리 여동생 이린카는 몸을 들썩들썩하며 얼굴을 일그러트리고 있었다.

아빠가 못마땅해하며 말했다.

"얼마나 더 기다려야 되는 거야? 이 철도 건널목에서 벌써 10분이나 서 있었어. 대체 기차가 어디 있다는 거야?"

그때 갑자기 자동차가 덜커덩 움직였다. 세르히는 번쩍 눈을 떴다. 기차가 보였다. 이상하게도, 기차는 차단기 너머로 지나가지 않고 세르히가 탄 자동차를 향해 곧장 달려오고 있었다. 기차 바퀴에서 불꽃이 사방으로 튀었다. 요란한 경적과 브레이크의 날카로운 쇳소리가 세르히를 마비시켰다.

세르히는 애써 움직이며 괴물 같은 쇳덩이에서 벗어나려 했다. 그러다 그만…… 바닥으로 떨어졌다.

'또 그 악몽! 언젠간 여기서 벗어날 수 있을까?'

세르히가 멍든 무릎을 문지르며 생각했다. 그러고는 일어나서 주변을 둘러보았다. 세르히가 서 있는 곳은 문이 닫힌 시장 한가운데였다. 머리가 어지럽고 입에서 역겨운 맛이 났다. 전날 어떤 일이 있었는지 서서히 기억이 돌아왔다.

세르히는 넌더리 나는 지하실과 '싸움닭 상카'에게서 최대한 멀리 도망쳤고, 젖 먹던 힘까지 짜내 시내의 커다란 오페라 극장에 다다랐다. 극장 앞 광장은 사람들로 붐비고 있었다.

'아, 공휴일이었지. 잘 됐다. 상카가 여기까지 온다 해도 사람이 많아서 나를 찾지 못할 거야.'

광장 한가운데 있는 분수를 보니 심한 허기와 갈증이 느껴졌다. 주변의 식당과 카페, 피자 가게에선 맛있는 저녁을 먹으러 오라며 유혹하는 간판들이 반짝반짝 빛을 내고 있었다. 하지만 세르히는 그냥 침만 꿀꺽 삼켰다. 돈이 없었기 때문이다. 그러다 어느 순간, 어떤 남자의 청바지 뒷주머니에 꽂힌 지갑을 몰래 가져오고 싶은 충동을 느꼈다.

'지갑 참 두툼하네. 저 안에는 분명 몇백 흐리벤이 있을 거야.'

세르히가 간신히 유혹을 뿌리치며 생각했다.

'만약 몇천 흐리벤이 있다면? 그 정도 돈이면 야린카를 데리고 오데사까지 갈 수 있는데……. 그러면 낮에는 바다에서 헤엄치고 저녁에는 사람들 앞에서 공연해야지. 나는 피아노를 연주하고 야린카는 춤을 추고. 그러면 사람들이 우리한테 돈을 줄 거야. 그래, 그렇게 같이 살아야지, 우리 둘이…….'

그때 한 꼬마가 세르히를 몽상에서 깨어나게 했다. 그 아이는 분수대 주변에서 장난감 자동차를 몰다가 세르히에게 곧장 와 부딪혔다. 아이의 아빠가 달려와 소리쳤다. 아들이 아닌, 세르히에게 말이다.

"이봐, 귀먹었어? 자동차 경적이 안 들리냐고. 애들이 여기서 자동차 타는데 안 보여? 얼른 꺼져!"

세르히는 아이 아빠가 뭐라고 소리치는지 이해하려 하지도 않았다. 뒷주머니에 두툼한 지갑을 꽂고 있던 남자를 찾으려 했지만, 사라지고 없었다. 차라리 잘 됐다고 생각한 세르히는 피자 가게 문을 아쉽게 한 번 힐끗 본 뒤 분수대에서 목을 축이고 걷기 시작했다. 극장 주변을 한 바퀴 돌고, 울타리를 따라 한참을 터벅터벅 걸었다. 그러다 울타리를 넘어 들어가니 식료품 시장터가 보였다. 문은 닫혔지만, 채소와 과일 찌꺼기가 가판대와 주변 바닥에 너저분히 널려 있었다. 세르히는 그것들을 집어 들고 허겁지겁 입에 넣었다. 바닥의 먼지 따윈 신경 쓰이지 않았다. 그저 허기를 채우고 싶을 뿐이었다.

순간 누군가가 세르히의 손을 홱 낚아챘다. 상카가 쫓아왔다고 생각한 세르히는 잔뜩 겁에 질렸다. 두려움에 기절 직전이었다.

'이렇게나 빨리!'

하지만 다행히도, 세르히의 손을 붙잡은 건 매일 저녁 시장에서 먹을 것을 찾는 동네 술주정뱅이였다. 남자가 주머니에서 탁한 액체가 든 유리병을 꺼내며 어눌하게 더듬더듬 말했다.

"수, 술 마, 마시자."

세르히가 고개를 저었지만, 남자는 고집을 부렸다.

"그, 그러지, 말고. 나, 나랑 술 마, 마시고 싶지 아, 않아? 내, 내가, 낼게. 공휴, 일, 이잖아. 하, 한잔 안, 할래? 고, 공짜야!"

세르히는 이렇게 코가 찌릿할 정도로 냄새가 독한 밀주는 말할 것도 없고, 술 자체를 마셔 본 적이 없었다. 하지만 이번에는 상카의 손에 넘어가지 않은 걸 기념하며 한잔하기로 했다.

남자는 카페 테라스 옆 바닥에 놓여 있던 종이컵 두 개를 집어 들더니 밀주를 가득 채웠다. 그런 다음 세르히에게 하나를 건넸다. 세르히는 냄새를 안 맡으려고 코를 감싸 쥔 뒤 단숨에 들이켰다. 잔에 남아 있는 술은 더 없었다. 속이 거북해지며 몸이 움츠러들었고, 다음 순간 구역질이 났다. 머리가 어질어질하며 토하고 싶었다. 남자가 뭐라 중얼거리며 한 잔 더 권했지만, 세르히는 힘겹게 일어나 비틀비틀 걸으며 화장실을 찾았다. 하지만 결국 화장실을 찾지 못하고 골목 한가운데에 토했다. 그리고 잠긴 가판대 옆 나무 탁자에 누워 잠이 들었다.

마침내 정신을 차린 세르히는 주변을 둘러보며 먹을 것을 찾았다. 하지만 썩은 토마토와 먹고 남은 사과 심만 보였다. 세르히는 시장을 빠져나와 오페라 극장 앞 분수대로 돌아갔다. 어젯밤 이후로 속은 타들었고 목이 몹시 말랐다.

분수대 물을 몇 모금 마시자, 곧바로 속이 다시 안 좋아졌다. 세르히는 아예 분수대로 들어가 머리 위로 물을 부었다. 기분이 조금 나아졌다.

아직 이른 시간이었다. 도로 청소차와 길 잃은 개들만이 르비우의 황량한 거리를 왔다 갔다 하고 있었다. 세르히는 자신이 길을 잃고 버려졌으며 아무짝에도 쓸모없는 사람처럼 느껴졌다. 그리고 이런 느낌은 그 어느 때보다 강렬했다. 세르히는 눈물을 흘리며 길 잃은 개 한 마리를 따라 걸었다. 개는 세르히를 리녹 광장 모퉁이의 성당으로 안내했다.

개를 따라 성당 앞을 지나던 세르히는 헉하고 숨을 들이마셨다. 리녹 광장 한가운데에 피아노가 있었기 때문이다. 세르히는 자신의 눈을 믿을 수 없었다!

'아직도 밀주에 취해 헛것이 보이나 봐.'

그래도 세르히는 피아노로 다가가 천천히 손을 뻗었다. 피아노는 오랫동안 방치되어 낡아 있었고, 니스 칠이 여기저기 벗겨져 있었다. 세르히는 눈을 가늘게 뜨고 손가락으로 조심스럽게 피아노 뚜껑을 쭉 훑었다. 뾰족하게 올라온 작은 돌기들과 벌어진 틈새가 느껴졌다. 그 앞에는 곧 무너질 것 같은 의자가 놓여 있었다. 세르히는 의자에 앉아 뚜껑을 열었다. 한동안은 감히 건반을 건드리지도 못했다. 손을 대는 순간, 피아노가 신기루처럼 사라질까 봐 두려웠기 때문이다. 하지만 아니었다!

세르히는 야린카와 함께 공연하기로 했던 그 곡을 연주하기 시작했다. 그게 겨우 3개월 전 일이라니 믿을 수가 없었다. 마치 영원만큼의 시간이 지나간 것 같았다.

소리를 듣지 못하는 세르히는 점점 더 크게 연주했다. 그러다 누군가의 손길에 연주를 멈췄다. 이번에는 그렇게 놀라지 않았다. 손길이 가볍고 부드러웠기 때문이다. 세르히는 건반에서 손을 떼고 고개를 돌렸다. 대머리에 키가 크고 마른 남자가 땀을 흘리며 아주 작고 웃기게 생긴 닥스훈트 한 마리를 목줄로 잡고 있었다. 개는 근처에서 구구 울고 있는 비둘기에게 달려들려고 안간힘을 썼다.

남자가 목줄을 잡아당겨 개를 진정시킨 뒤 세르히에게 말했다.

"에드바르 그리그의 곡을 완벽하게 연주하는구나. 네 솜씨에 감명받았어. 근데 있잖니, 아직 새벽 6시 반이야. 다들 침대에서 자고 있다고."

남자의 발음은 똑똑하고 뚜렷했다. 세르히는 남자가 무슨 말을 하는지 알아듣고 얼굴을 붉혔다.

그러자 남자가 세르히를 안심시키며 말했다.

"오, 아니야, 걱정하지 마. 피아노를 여기에 갖다 둔 이유는 누구나 와서 연주하라는 거지. 자기 자신과 주변 사람들의 즐거움을 위해서 말이야. 그리고 솔직히 말해서, 술 취한 사람이 고래고래 지르는 소리보다는 이렇게 훌륭한 음악 소리가 창문 아래서 들리는 게 더 낫지. 그건 그렇고, 이렇게 이른 시간에 여기서 뭘 하고 있었던 건지 물어봐도 괜찮을까?"

세르히는 자신의 귀와 입을 가리킨 다음 고개를 가로저었다. 귀가 안 들리고 말을 할 수 없다는 표시였다.

"미안한데, 아직 이해를 못 했어. 한 번만 더 설명해 줄래?"

세르히가 다시 손으로 보여 주었다.

"듣거나 말할 수 없다는 거야?"

세르히가 고개를 끄덕였다.

"말도 안 돼! 방금 피아노를 쳤잖아. 그것도 아주 멋지게. 손가락 두 개로 젓가락 행진곡을 두들긴 게 아니란 말이야! 지금 나를 놀리는 거지?"

세르히가 불안한 듯 양손을 흔들었다. 그러고는 종이에 글씨를 쓰는 시늉을 했다.

"글을 쓸 줄 아니? 나한테 할 이야기가 있어?"

세르히는 다시 고개를 끄덕인 다음 기도하듯 양손을 가슴 앞에 모았다.

"지금 개랑 산책하던 중이어서 펜이랑 노트가 없어. 우리 집이 별로 안 먼데, 괜찮다면 같이 갈래? 집엔 쓸 게 있으니까, 거기서 나한테 할 이야기가 있으면 해. 가서 케이크랑 차도 좀 들고. 어쩐지 아직 아침을 먹지 않은 듯해서 말이야. 어때, 내 말이 맞지? 자, 어서 가자. 빨리 네 이야기를 듣고 싶구나."

세르히가 어렸을 때, 부모님은 절대 낯선 사람을 따라가지 말라고 가르쳤다. 아무리 친절하게 부탁하거나 무언가를 준다고 하더라도 절대 안 된다고 했다. 하지만 세르히는 이제 더 잃을 게 없었다. 지금처럼 배고프고 비참한 상황에서 그게 다 무슨 소용일까? 그리고 세르히는 몇 달 동안이나 상카를 상대해 왔다. 과연 더 두려워해야 할 사람이 있기는 할까?

세르히는 낯선 사람을 따라 건물 2층으로 올라갔다. 닥스훈트만이 올라가기 싫어하며 밖으로 뛰쳐나가려 했다. 비둘기를 쫓을 수 없어 잔뜩 짜증이 난 상태였다.

집주인은 세르히에게 자신을 소개했다. 남자의 이름은 바딤 안드리요비치로 대학교 법학 교수였고, 개의 이름은 알파라고 했다. 세르히는 이런 아파트에 생전 처음 와 봤다. 높은 천장, 벽에 걸린 그림, 오래된 장식장, 짙은 색 나무로 만들어진 커다란 식탁, 그리고 거실 한가운데 놓여 있는 높은 등받이 의자 열두 개.

세르히가 이야기를 시작하기 전, 바딤은 가스레인지에 주전자를 올려놓은 뒤 세르히를 욕실로 데려갔다. 시장에서 하룻밤을 보낸 세르히의 옷에서는 좋게 돌려 말해 향기롭지 않은 냄새가 났다. 바딤은 세르히에게 옷을 벗어 세탁기에 넣으라고 했다. 그런 다음 옷장에서 꺼낸 흰색 목욕 가운을 주고 목욕하는 법을 알려 주었다. 그러고는 거실로 돌아가 수화기를 들고 전화번호를 눌렀다. 그리고 상대방이 "여보세요"라고 말하자마자, 기쁜 마음으로 소리쳤다.

“아나톨리, 나야! 저기 있잖아, 도움이 좀 필요해서 말이야. 우리 집에 어떤 남자아이가 왔는데, 나 혼자서는 이 문제를 감당하기 힘들 것 같아. 잠깐 와 줄 수 있을까? 고마워!”

곧 초인종이 울렸고, 바딤은 현관문을 열었다. 문턱을 넘자마자 손님이 물었다.

“대체 무슨 일이에요? 설명 좀 해 주시겠어요? 그리고 왜 이렇게 서두르는 거예요?”

“저기 부엌으로 가지. 내가 다 설명해 줄게.”

세르히는 욕조에 몸을 담근 채 한참을 찰박댔다. 마지막으로 제대로 씻은 건 기숙 학교에서였다. 샴푸로 머리를 어떻게 감았는지 기억도 잘 안 났다. 상카의 지하실 아이들은 그냥 세탁비누로 빨래도 하고 몸도 씻었다. 세르히는 물속에 누워 드럼 세탁기가 돌아가는 모습을 보며 생각했다.

‘여름 내내 똑같은 청바지와 티셔츠를 입고 다녔어. 저녁에 빨아서 아침에 다시 입었지. 거기에서 가을을 맞았다면 어떻게 됐을까? 아이들은 옷을 어디서 구하지? 상카가 스웨터 같은 따뜻한 옷을 사주진 않을 것 같은데. 그것도 훔쳐서 입어야 했겠지. 세상에, 도망치길 정말 잘했어. 결국 가진 돈은 하나도 없지만……. 롬치크한텐 정말 미안한 짓을 했어. 상카가 화풀이라도 했으면 어쩌지?’

세르히의 가슴이 철렁 내려앉았다. 불쌍한 롬치크에게 어떤 일이 기다리고 있을지 생각하니 끔찍했다. 그때 욕실 문이 삐걱 열렸다. 바딤이 안을 들여다보며 손을 흔들어 세르히의 주의를 끌었다. 세르히가 알아차리자 바딤이 말했다.

"아침 먹을 시간이야. 그리고 손님이 한 명 더 왔단다. 우리가 좀 더 이야기를 쉽게 나눌 수 있도록 도와줄 거야."

바딤이 문 뒤로 사라졌다. 세르히는 욕조에서 나와 새 수건으로 얼른 몸을 닦았다. 그런 다음 목욕 가운의 소매를 말아 올리고 밑단을 들어 올린 뒤 부엌으로 나갔다.

"자, 마침내 우리의 잠수부가 왔군! 그럼 내가 양쪽을 다 소개하도록 하지. 이쪽은 내 손님인 세르히, 그리고 이쪽은 내 전 학생이자 지금은 변호사인 아나톨리. 우리 아나톨리도 청각 장애가 있어. 하지만 말과 손짓으로 자유롭게 의사소통할 수 있지. 이젠 따로 종이에 적지 않아도 돼. 아나톨리가 통역을 해 줄 테니까 말이야. 자, 세르히, 우리에게 네 이야기를 하나씩 들려주겠니? 그리고 식기 전에 차도 마시고 케이크도 먹어."

세르히는 배가 무척 고팠지만, 이 점잖은 신사들을 계속 기다리게 하는 건 실례라고 생각했다. 그래서 바로 이야기를 시작했다.

바딤은 생각에 잠겨 안경다리를 깨물며 식탁 주변을 돌았다. 최고조로 집중하고 있을 때 나오는 행동이었다. 세르히가 이야기를 마치자, 바딤은 세르히를 거실로 안내했다.

"졸리니? 잠깐 낮잠 잘래? 아니야? 그러면 여기서 텔레비전이라도 보고 있어. 그동안 아나톨리와 함께 너와 야린카를 어떻게 도울지 생각해 볼게."

세르히가 고개를 끄덕이자 바딤은 부엌으로 돌아갔다.

"정말 흥미로운 이야기군."

바딤이 부엌문을 닫으며 말을 이었다.

"아주 놀라워. 지금까지 이런 사례는 한 번도 본 적이 없어."

"교수님, 저는 하나도 놀랍지 않아요. 르비우에서 수어를 완벽하게 할 줄 아는 변호사는 저밖에 없어요. 그래서 농인과 관련된 사건은 전부 저에게 오지요. 맹세하건대 저 아이가 들려준 이야기와 비슷한 사례가 꽤 많아요. 저 역시 기숙 학교에서 자랐어요. 그리고 우리 학년에서 고등 교육을 받고 변호사가 된 사람은 저뿐이지요. 다른 친구들은 시장에서 물건을 팔거나 건설 현장에서 일하고 있어요. 하지만 벌써 세 명이 세상을 떴어요. 한 명은 신부전증으로, 다른 한 명은 간 기능이 정지되어서, 그리고 또 다른 한 명은 공원 연못가에서 얼어 죽었지요. 그런데 실제 사망 원인은 다 똑같았어요. 술이에요. 저는 그 친구들이 학교에서 성적도 좋고 몸가짐도 발랐다는 걸 기억해요. 하지만 건강한 아이들이라 해도, 이 나라에서는 제대로 자라기 어려워요. 하물며 장애가 있는 아이들인데……, 이 아이들은 자라면서 아주 슬픈 일을 많이 겪어요. 일종의 동냥처럼 장애 연금을 받기는 하지만, 그게 다예요. 혼자 힘으로 알아서 살아야 해요. 하지만 우리도 소파에 누워 배만 긁는 그런 삶을 원하는 건 아니에요. 뭔가를 만들어 내면서, 쓸모 있는 사람이라는 느낌을 받으면서 살고 싶어 하는 거라고요. 무슨 말인지 이해하시겠어요?"

"진정해, 아나톨리. 너무 화내지 말고 진정하라고. 나는 자네 의견에 전적으로 동의해. 그냥 지금까지 이런 사례를 본 적 없다고 말했을 뿐이야."

"그건 교수님이 우아한 지식인이기 때문이에요. 교수님은 극장이나 박물관, 전시회에 자주 가시죠? 그런 곳에서 휠체어 사용자를 위한 경사로를 본 적 있나요? 애써 기억을 더듬지 않으셔도 돼요. 왜냐하면, 없으니까요. 보통 약국 앞에는 있는데, 그마저도 경사가 너무 가파르면 굴러떨어져 죽을 수도 있지요. 자막이 달린 텔레비전 프로그램이나 영화는요? 많이 보셨나요? 그래요, 못 보셨을 거예요. 그리고 농인들은 말이죠, 성당에서도 소외감을 느껴요. 미사를 들을 수도 없고, 고해성사할 때도 신부에게 내용을 써서 줘야 하니까요. 신부는 내용을 읽은 뒤 조각조각 찢어요. 그게 끝이에요. 대부분의 농인이 입술 읽기를 잘하지 못해서 어떤 말도, 어떤 조언도 해 줄 수 없거든요. 우리나라는 장애인을 전혀 신경 쓰지 않아요. 그게 성인이든 미성년자든 말이죠. 주변 사람들의 무관심 때문에, 장애인들이 상카나 비티옥 같은 인간들에게 우르르 몰려가는 거라고요."

"그래, 알겠네, 아나톨리. 흥분하지 말고. 이제 이 불쌍한 소년과 소녀를 돕는 데 집중하자고. 자, 어떻게 하면 좋을까? 농인들은 자주 자네한테 의지하고, 자네는 법정에서 그들을 변호하잖나. 그러니까 어떻게 해야 하는지 알려 줘."

"우선, 상카는 잊어야 해요. 우리가 할 수 있는 게 없거든요. 그 사람은 시스템의 일부예요. 상카를 감옥에 넣으면 다른 누군가가 즉시 그 자리를 차지할 거예요. 만약 상카를 지하실에서 내쫓으면 다락방으로 옮겨갈 테고요. 지하실의 아이들을 풀어 주고 기숙 학교로 보내면 아이들은 한 달 뒤 기숙 학교에서 도망쳐 나와 상카한테 돌아갈 거예요. 세르히의 경우만 따져 보자면, 우리는 즉시 기숙 학교에 연락해 세르히를 찾았다고 알려 줘야 해요."

세르히가 이 말을 들었다면 바로 벌떡 일어났을 것이다. 하지만 세르히는 거실 카펫에 앉아 닥스훈트와 놀고 있었다.

"교수님, 기숙 학교에 전화해야 해요. 법에 따라 행동하셔야죠."

"이봐, 진정해. 그럴 순 없어. 기숙 학교에선 석 달이나 세르히를 찾고 있었어. 하루 더 기다린다고 해서 무슨 일이 생기지는 않을 거야. 우리도 그때까지는 뭔가를 생각해 낼 수 있겠지. 지인들한테 연락해서 그 소녀가 어떻게 지내고 있는지 알아봐 줄 수 있겠나?"

"하지만 다른 지역이에요. 이 관료적인 시스템이 작동하려면 얼마나 오랜 시간이 필요한지 아시잖아요."

"그렇다면 더는 시간을 낭비하지 말자고. 자, 어서 수첩을 꺼내 전화를 돌려 봐. 나도 오랜 친구들한테 연락해 볼 테니까."

바딤과 아나톨리가 전화를 돌려 이것저것 물어보고 어떻게 해야 할지 결정하는 동안, 세르히는 거실 카펫에서 잠이 들었다. 바딤은 세르히를 소파로 옮긴 뒤 따뜻한 담요를 덮어 주었다. 세르히는 바닷가에 있는 꿈을 꾸었다.

세르히와 야린카는 알록달록한 줄무늬 공을 발로 차며 바닷가 모래밭을 뛰어다니고 있었다. 닥스훈트 알파는 이따금 공을 물 밖으로 꺼내려 했지만, 물에 젖을까 봐 몸을 사렸다.

알파는 발 가까이 쏴아 밀려오며 소금기 머금은 물방울을 여기저기 튀겨대는 파도를 보면서 으르렁거리거나 왈왈 짖기만 했다. 태양, 바다, 모래. 모든 것이 부드럽고 따뜻했다. 지친 세르히와 야린카는 바닷가 한가운데 따사로운 햇살 아래 누워 두 팔을 날개처럼 활짝 벌렸다. 파도를 보며 왈왈 짖느라 지쳐 버린 알파 역시 그 옆에 엎드려 세르히의 뺨을 핥았다.

간지러움을 느낀 세르히가 잠에서 깼다. 알파가 소파에 올라와 세르히의 뺨을 핥고 있었다. 세르히는 기분이 이상했다. 과거의 기억들과 사랑하는 가족이 등장하는 꿈이 아니었기 때문이다. 야린카가 꿈에 나온 건 처음 있는 일이었다.

'이건 분명 좋은 징조야. 야린카를 찾아서 같이 바닷가에 갈 수 있을 거야!'

그때 바딤이 거실로 들어오며 말했다.

"잠꾸러기, 일어났니? 그럼 세수하고 옷 갈아입어. 욕실 세탁기 위에 네 옷을 올려 두었단다. 잘 말려서 다림질까지 했어. 단정하게 차려입어야 하거든. 조금 있다 손님들이 올 거야."

세르히는 슬리퍼를 신고 욕실로 터벅터벅 걸어갔다. 알파도 총총총 세르히를 뒤쫓았다.

정오가 되자 손님들이 도착했다. 존경받는 대학교수들과 그 제자들이었다. 아나톨리가 가장 늦게 도착했는데, 오자마자 바딤 옆으로 가 재빨리 무언가를 말했다.

바딤은 어릴 때부터 이 아파트에서 살았다. 이곳은 진정한 가족의 보금자리로, 르비우에서 아주 유명한 변호사였던 할아버지에게서 물려받은 것이다. 그때만 해도 르비우는 폴란드에 속해 있었다. 바딤은 아내도 자녀도 없지만, 전혀 외롭지 않았다. 언제나 동료, 제자, 친구들을 초대해 정치적이거나 문화적인 사건들을 토론했기 때문이다. 그냥 모여 잡담을 나누기도 했다. 바딤은 정중한 집주인이었고, 이제는 모임에 초대받은 새로운 손님, 세르히를 사람들에게 소개할 참이었다.

"친애하는 여러분, 세르히를 환영해 주십시오. 제 귀한 손님이지요. 불행히도 세르히는 청각 장애가 있어요. 입술은 읽을 수 있지만, 말을 할 수가 없답니다. 그래서 아나톨리가 세르히와의 대화를 도와줄 거예요."

사람들이 작게 웅성거렸다. 모두 이 소년이 누구인지 궁금해했다. 바딤이 간략하게 이야기를 해 주었다. 모두 다른 이유로 모인 자리였지만, 세르히와 농인들의 분투에 토론의 초점이 맞춰졌다.

손님 중 한 명이 말했다.

"요즘 치아에 문제가 생겼는데, 틀니를 만들어 준 치과 기공사가 농인이었어요. 그러니까 내 말은, 원한다면 저 애도 얼마든지 길을 찾을 수 있을 것 같은데……."

그러자 아나톨리가 동의했다.

"네, 맞습니다. 농인에게 치과 기공사 자격을 부여하는 의학 전문학교가 있어요. 그리고 일부 대학교에서는 농인을 받기도 하지요. 그리고 협회도 있어요."

"무슨 협회요?"

누군가 물었다.

"우크라이나 농인 협회요. 공공 기관인데, 아주 적은 예산으로 의료 센터도 유지하고 회원들도 지원하려고 안간힘을 쓰고 있지요. 이 협회는 자체적으로 극장도 운영 중이에요."

"극장이요?"

"네, 키이우에 마임과 몸짓 전문 극장이 있어요. '레인보우'라고. 전문 배우들이 거기서 공연을 하지요."

"그분들도 농인들인가요?"

"당연하죠. 그럼 어떤 분들이겠습니까?"

"정말요? 그렇다면 농인이라고 해서 살길이 없는 것도 아니네요. 자신의 길을 찾을 수 있다는 거잖아요. 원하기만 한다면."

그러자 아나톨리가 이의를 제기했다.

"하지만 그건 드문 경우죠. 사실, 저는 운이 좋은 편이에요. 저처럼 운이 좋은 수십 명, 어쩌면 100여 명이 되는 농인들이 있긴 하지요. 하지만 농인 총인구는 수만 명이에요. 대부분은 혼자 힘으로 무언가를 할 수 없는 사람들이고요."

"사실이에요."

흰 수염의 점잖은 남자가 말을 이었다. 그 역시 대학교수였다.

"미국에서는 농인이 어느 대학에서나 공부할 수 있어요. 그리고 수어 통역사가 배정되지요. 사회에 나와서도 직업을 찾는 데 아무런 문제가 없고요. 여기와 달리……."

세르히는 여기서부터 대화를 따라갈 수 없었다. 점점 지루해져서 다른 방으로 가 알파를 데리고 놀았다.

손님들은 늦은 오후가 되어서야 떠났다. 아나톨리만 집에 남았고, 바딤은 아나톨리에게 차를 한 잔 더 권했다. 세르히에게도 함께 시간을 보내자고 제안하고 싶었지만, 세르히는 이미 알파를 껴안은 채 곤히 자고 있었다.

다음 날 아침, 세르히가 잠에서 깨었을 때 아파트는 비어 있었다. 바딤이 개를 데리고 산책하러 나갔기 때문이다. 세르히는 부엌으로 가서 가스레인지 위에 주전자를 올려놓고 가스 불을 켰다. 식탁에는 전화기와 가죽으로 겉을 싼 메모장이 놓여 있었는데, 펼쳐진 메모장에는 해야 할 일들이 쭉 적혀 있었다. 물이 끓는 동안 세르히는 호기심에 메모장을 휙휙 넘겨 보았다. 각 단어의 몇 글자만을 골라 적은 작은 글씨들이 적혀 있었다. 그때, 마지막 메모가 세르히의 시선을 잡아끌었다.

'기학, 전화, 세르, 데려.'

재빨리 그 뜻을 해독한 세르히는 화가 나서 메모장을 벽에 집어던졌다.

'기숙 학교에 전화해서 세르히를 데려가게 할 것.'

세르히는 좌절과 절망으로 눈물이 터질 것 같았다.

'배신자! 배신자! 배신자!'

머릿속에서 이 단어가 계속 맴돌았다.

'나를 도와주는 줄 알았어! 그런데 실제로는 기숙 학교로 돌려보내려고 했다니. 야린카랑 나한테는 관심도 없었던 거야. 배신자들! 다 똑같아!'

주전자에서 증기를 내뿜는 소리가 삐익삐익 요란히 났지만, 세르히는 당연히 들을 수 없었다. 더는 차를 마실 기분도 아니었다.

세르히는 현관문을 열었다가, 멈춰 서서 다시 닫았다. 버클이 두 개 달린 교수의 서류 가방이 코트 걸이 옆 바닥에 놓여 있었다. 안을 들여다보니 지갑이 있었다. 지폐가 몇 장 있었는데, 전부 500흐리벤이었다. 세르히는 지폐를 한 장 꺼냈다. 그리고 잠시 망설이다가 나머지도 전부 꺼냈다. 이 정도면 야린카네 마을로 갔다가 둘이서 오데사까지 갈 수도 있는 돈이었다.

세르히는 부엌으로 돌아갔다. 그리고 바닥에 떨어진 메모장을 집어 들고 한 장을 뜯은 뒤 그 위에 글을 썼다.

'죄송해요. 지갑에서 500흐리벤을 가져가요. 저는 도둑이 아니지만, 야린카를 찾아야 하거든요. 언젠가 꼭 갚겠다고 약속할게요. 세르히.'

세르히는 아파트 복도로 나가 난간 위로 몸을 구부려 바딤이 돌아오고 있지는 않은지 살폈다. 그리고 계단을 내려가 문을 열고 밖을 내다보았다. 거리는 텅 비어 있었다. 세르히는 그대로 뛰어나와 오페라 극장을 향해 달렸다.

근처에 기차역과 버스 터미널이 있었다. 통근 열차를 타는 게 저렴하고 안전했지만, 상카의 근거지인 기차역으로는 돌아가고 싶지 않았다. 그래서 버스 터미널로 갔다.

이바노프란키우스크로 가는 버스가 막 승강장을 떠나려 하고 있었다. 세르히는 얼른 달려가 주먹으로 버스 문을 쾅쾅 두드렸다.

"그만해, 이 멍청한 놈아!"

운전사가 소리치고는 버스를 세우고 문을 열었다.

세르히는 숨을 헐떡이며 버스에 올라타 50흐리벤을 내밀었다. 운전사가 투덜거리면서도 돈을 받고 다시 문을 닫았다. 세르히는 버스 끝 창가 자리에 앉았다. 앞에 앉은 아이가 초코바를 오물오물 먹고 있었다. 아침을 먹지 않은 세르히의 배에서 꼬르륵 소리가 났다. 세르히는 초코바를 외면하고, 곧 있을 야린카와의 만남을 생각하며 주의를 딴 데로 돌리려 애썼다.

바딤은 산책을 마치고 7시에 집으로 돌아왔다. 현관문이 잠겨 있지 않자 걱정스러운 마음에 뒤로 물러섰지만, 알파는 주인의 마음도 모른 채 곧장 욕실로 달려갔다. 산책에서 돌아오면 언제나 욕실에서 발을 닦아 주었기 때문이다. 바딤은 조심스럽게 알파를 따라 집 안으로 들어갔다.

'낯선 사람이 있으면 짖겠지.'

이렇게 생각하며 바딤은 거실까지 들어갔다. 그런데 세르히가 어디에도 보이지 않았다. 프리보크잘나 광장의 그 늙은 도둑이 결국 여기까지 쫓아왔을지도 모른다는 생각이 바딤의 머릿속을 스쳤다.

"이런, 세르히를 어떻게 하려는 거지? 얼른 경찰에 신고해야겠어."

부엌에 있는 전화기로 달려가 전화기를 집어 들려던 순간, 바딤은 식탁에서 글씨가 쓰인 종이 하나를 발견했다. 안경을 쓰고 그것을 읽어 보는데, 때마침 전화가 울렸다.

"안녕하세요, 교수님. 아이는 잘 있나요?"

수화기에서 아나톨리의 힘찬 목소리가 들렸다.

"아나톨리, 사라졌어."

"사라졌다고요? 언제요?"

"조금 전에. 내가 알파랑 산책하러 나갔을 때."

"뭐 없어진 건 없어요? 한번 확인해 보세요."

"오, 아니야. 그건 또 다른 문제야. 세르히는 우리가 그 애를 기숙학교로 돌려보낼 줄 알고 도망친 것 같아."

"돈이 없으면 멀리 도망치지 못할 거예요. 세르히의 신상을 경찰에 알려야 해요."

"음, 실은 돈이 있어. 내 지갑에서 500흐리벤을 가져갔거든."

"그러니까 교수님 돈을 훔쳐 갔군요! 이래서 부랑자들을 믿을 수 없는 거예요!"

"지금 돈이 중요한 게 아니야!"

바딤이 격분하며 소리쳤다.

"어쨌든 경찰에 알려야 해, 특히 철도 경찰관들한테. 세르히가 기차를 타고 프란키우스크로 가면 다시 상카의 손에 들어갈 위험이 있어. 그러면 그게 세르히의 마지막이 될 거야. 어, 근데, 잠깐만. 나한테 할 이야기가 있어서 전화한 건가?"

"아니, 그건 아니에요. 조금 전에 야린카에 대한 정보를 얻었거든요. 우선은 세르히를 경찰에 신고부터 하세요. 자세한 이야기는 제가 가서 알려 드릴게요."

기숙 학교

기숙 학교의 새 학기가 며칠 안 남아 있었다. 공식적으로는 방학이었지만, 교직원 대부분이 학교로 돌아와 일하고 있었다. 외딴 마을과 인근 지역에 사는 아이들도 언제나처럼 일찍 도착해 있었다. 여름 방학이 끝나고 나서 수업 시간과 반이 다시 조정되었다. 기숙 학교를 떠난 아이도 있고, 새로 들어온 아이도 있고, 또 상황이 바뀐 아이도 있었기 때문이다.

가장 힘든 건 1학년 아이들이었다. 오랫동안 근무한 나탈리아 선생님은 언제나 이 아이들을 직접 맞이했다. 병아리처럼 엄마에게 찰싹 달라붙어 감히 한 발짝도 내딛지 못하는 아이들의 겁먹은 눈을 보면 마음이 아팠다. 나탈리아 선생님은 아이들을 보며 생각했다.

'불쌍한 녀석들……, 유치원에 다녔어도 친구들과 운동장에서 놀지 못했겠지. 무슨 수로 다른 애들과 어울렸겠어. 같이 소리 지르고 응원하는 것은 고사하고, 말도 제대로 못 하는데. 기숙 학교에 적응

하는 건 또 얼마나 힘들까. 저 아이들을 안아 주고 같이 아파해 줄 부모가 옆에 없으니 말이야.'

이따금 자식과 떨어져 있는 게 힘든 부모들은 아이를 다시 집으로 데려가거나 무관심한 교사와 잔인한 반 친구들, 그리고 동정심이라곤 찾아 볼 수 없는 일반 학교로 아이들을 보냈다. 농인 아동들의 부모는 자녀가 이런 모든 것들을 극복하고 학교에서 교육받은 뒤, 사회에서 스스로 설 수 있도록 도와주기 위해 엄청난 노력을 기울여야 했다. 그것도 '표준'이라는 평균값에서 조금이라도 벗어난 사람들을 받아들일 준비가 전혀 되어 있지 않은 사회에서 말이다. 그래서 어떤 부모들은 일반 학교 과정을 중간에 포기하고 직접 아이를 맡거나 다시 기숙 학교로 보내기도 했다.

올해 들어온 인근 지역의 7학년 남자아이와 1학년 여자아이도 마찬가지였다. 이 아이들의 할머니는 청각 장애를 갖고 태어났지만, 두 딸은 모두 청인이었다. 이 두 아이네는 안타깝게도 청각 장애가 대를 건너뛰어 유전되었다. 큰딸이 청각 장애인 아들 이바스를 낳은데 이어 작은딸이 이바스보다 여섯 살 어린 청각 장애인 딸 마리치카를 낳은 것이다. 처음에 이바스는 기숙 학교에 보내졌지만, 적응하지 못하고 1년도 안 되어 학교를 그만두었다. 이바스의 엄마는 아들을 일반 학교에 보내는 대신 집에서 가르쳤다. 그리고 매달 시험을 치를 때만 일반 학교에 데려갔다. 하지만 7학년이 되자 물리, 화학, 생물 같은 '어려운' 과목이 시작되었고, 과외를 시킬 돈이 없어

이바스를 특수 학교에 보냈다. 그사이 이바스의 사촌 동생이 성장해 학교에 들어가야 할 때가 되었고, 부모들은 둘을 함께 기숙 학교에 보내기로 했다. 둘이 함께라면 적응이 좀 더 쉬울 거란 생각 때문이었다.

나탈리아 선생님은 이바스의 손을 꼭 잡은 채 매달려 있는 마리치카를 보며 야린카와 세르히를 떠올렸다.

'세르히는 지금 어디 있을까? 벌써 석 달째 아무 소식이 없는데. 부디 살아 있기만을 바랄 수밖에. 야린카도 아빠가 괴롭혀서 힘든 시간을 보내고 있는 건 아닌지…….'

그때 나탈리아 선생님의 휴대폰이 주머니에서 윙윙거렸다.

"이리 좀 와 주시겠어요? 세르히를 찾았습니다."

교장 선생님의 걱정스러운 목소리였다.

나탈리아 선생님이 교장실에 도착했을 때 미콜라 선생님은 이미 그곳에 와 있었다. 교장 선생님은 전화 통화를 하고 있었는데, 나탈리아 선생님을 보더니 앉으라는 손짓을 한 뒤 전화기 너머의 누군가와 계속 논쟁을 벌였다.

"이것 보세요, 우리가 어떻게 아동 보호국을 움직입니까! 여기는 그냥 학교일 뿐이에요. 뭘 근거로 그 사람들한테 호소해요? 제가 뭐라고 말하길 바라세요? 그 애 아빠 얼굴이 마음에 안 든다고 할까요? 솔직히, 저는 얼굴을 본 적도 없어요. 우리가 아는 건 그냥 소문일 뿐이지 않습니까. 그 애 아빠가 괴롭혔다는 걸 증명할 수 있는 공식 문서가 있다면 몰라도. 그러니까 멍든 사진이나 목격자의 증언, 또는 야린카의 증언이……, 하지만 집이 500미터씩 떨어져 있는 산속 외딴 마을에 무슨 증인이 있겠어요? 그리고 야린카는 증언을 할 수 없어요. 귀도 안 들리고 글도 모르거든요. 읽고 쓰는 법을 배운 적이 없단 말입니다. 세르히만이 야린카와 이야기할 수 있어요. 손동작이나 시선, 그리고 또 둘만이 이해할 수 있는 감정……. 죄송합니다, 아나톨리 씨. 아무래도 토론을 계속하기 전에 제 생각을 먼저 정리해야겠어요. 그리고 여기 기다리고 있는 다른 분들도 있어서. 그럼 나중에 다시 전화하도록 하겠습니다."

교장 선생님은 전화를 끊고 한숨을 내쉬었다. 그러고는 미콜라 선생님과 나탈리아 선생님을 보며 말했다.

"자, 우리의 로빈슨 크루소를 찾았어요. 다행히 살아 있었지요."

"그래서 지금 어디 있나요?"

나탈리아 선생님이 조바심을 내며 물었다.

"모르겠어요. 사라졌거든요."

"사라졌다고요? 조금 전엔 찾았다면서요."

"네, 찾았어요. 그런데 다시 사라졌어요. 이야기가 좀 긴데, 아무튼 중요한 건 세르히가 어디로 가고 있는지 알고 있다는 거죠."

"혹시 야린카네 마을이요?"

미콜라 선생님의 추측에 교장 선생님이 고개를 끄덕이고는 주머니를 툭툭 치며 담배를 찾았다.

"아, 이런. 다 떨어졌네. 혹시 담배 있으신 분? 아이고, 미안합니다. 안 피운다는 걸 깜박하고……. 없으신가요? 다행이네요, 저는 아직 끊을 의지가 약해서 말이죠. 어쨌든 세르히는 르비우에 있었어요. 어떤 교수가 거리에서 발견해 집으로 데려갔지요."

"늙은 변태인가요?"

"미콜라 선생님, 왜 항상 사람들을 그런 식으로 낙인찍으세요? 그냥 세르히를 불쌍히 여겼을 뿐이에요. 교수한텐 변호사 친구가 있고, 그 변호사가 저한테 전화를 건 거죠. 변호사도 우리 학생들처럼 보청기를 사용한대요. 교수와 변호사는 세르히를 돕고 싶어 했지만, 세르히가 오해를 품고 교수의 돈을 훔쳐 달아났어요. 지금 이바노프란키우스크로 가는 중간 어디쯤 있는 것 같아요."

"그럼 왜 여기 앉아 있는 거죠? 당장 경찰에 신고해야지요."

"이미 다 했어요. 교수와 변호사가 할 수 있는 모든 곳에 다 연락을 돌렸지요. 심지어 검찰청과 아동 보호국까지요. 변호사의 대학 친구들이 거기서 일한다고 하네요. 하지만 저는 이 일이 그렇게 희망적으로 보이지 않아요. 야린카의 친부가 범죄를 저지르지 않는 한 친권을 박탈할 수 없거든요."

나탈리아 선생님이 몸에 성호를 그으며 말했다.

"신의 가호가 있기를. 그 사람은 이미 범죄를 저질렀어요. 그리고 지금 그 아이는 엄마도 없이 반은 고아 상태로 자라고 있지요. 저는 그 사람이 감옥에서 좀 더 현명해졌기를 진심으로 바랄 뿐이에요."

"그만해요. 그런 사람은 변하지 않아요. 계속 야린카를 괴롭힐 거라고요. 하지만 우리가 할 수 있는 일은 아무것도 없죠."

말을 마친 미콜라 선생님이 자리에서 벌떡 일어났다.

"교장 선생님, 저는 그냥 가만히 앉아서 지켜보고만 있지는 않을 거예요."

"무슨 뜻이죠?"

"공식적으로 저는 아직 휴가 중이에요. 이틀 남았지요. 그래서 하고 싶은 건 뭐든 할 수 있어요. 저는 야린카한테 가 보겠습니다."

"지금 제정신입니까? 경찰이 처리할 거예요. 왜 이렇게 이 일에 깊이 끼어드는 거죠?"

"교장 선생님, 우리나라 경찰이 어떤 사람들인지 모르세요? 이 모든 일을 조정하고 허가를 받기까지, 못해도 이틀은 걸릴 거예요. 시간이 얼마나 걸리는지 그런 건 신경도 안 써요. 그저 규정대로 철저히 해서 나중에 자신들한테 무슨 문제가 생기지 않도록 할 뿐이지요. 세르히는 이르면 오늘 밤에 야린카네 마을에 도착할 거예요. 그러다 그 술 취한 개자식이랑 마주치기라도 하면 큰일이라고요. 자, 저는 출발합니다."

"저도 갈게요."

나탈리아 선생님이 말하자 교장 선생님이 얼른 대꾸했다.

"안 됩니다. 선생님마저 떠나면 아이들은 누가 받아 줍니까? 지금 정신이 나가서 가만히 앉아 있을 수 없겠다는 사람은 그냥 가게 두세요. 그리고 선생님이 어떻게 도와줄 수 있겠습니까? 여기 남아서 하던 일이나 계속하세요."

"그럼 전화는 왜 하신 거죠? 제 일을 하고 있었는데요."

"이렇게 나올 줄 알았다면 부르지 않았을 겁니다. 자, 이제 다시 일하러 가세요. 그리고 우리 아이들의 진정한 수호자 미콜라 선생님, 지금 뭘 기다리고 있는 거죠? 거기까지 어떻게 갈 생각인가요?"

미콜라 선생님은 그저 두 팔을 양쪽으로 벌리며 으쓱해 보였다. 그는 차가 없었고, 버스를 타고 가면 못해도 다음 날은 되어야 외딴 카르파티아 마을에 도착할 수 있었다. 교장 선생님이 체념한 듯 손을 흔들며 말했다.

"알겠습니다. 내가 할 수 있는 일이 별로 없는 것 같네요. 내 차를 타고 가세요. 운전 양도 보증서는 자동차 앞 좌석 서랍에 있습니다. 아직 유효할 거예요. 운전면허증은 갖고 있지요?"

미콜라 선생님이 고개를 끄덕였다. 그러고는 감사의 인사로 교장 선생님에게 악수를 청한 뒤 서둘러 교장실에서 나갔다.

"선생님, 잠깐만요!"

교장 선생님이 창문 너머로 미콜라 선생님에게 소리쳤다.

"열쇠 갖고 가야죠!"

교장 선생님이 열쇠를 던진 뒤 중얼거렸다.

"참으로 시끌벅적하게 새 학년이 시작되는군. 한 해 내내 이렇게 정신이 없을까?"

한편, 바딤은 부엌에서 아나톨리와 함께 먹을 점심을 준비하느라 바빴다. 아나톨리는 오전 내내 전화기를 붙들고 있었다. 잠시 전화기를 내려놓은 사이, 바딤이 물었다.

"그래, 검찰청에서는 뭐라고 그러나?"

"야린카의 친부는 술을 많이 마셨어요. 그건 사실이에요. 성미가 급하고 아내와 어린 딸을 자주 때렸지요. 술에 취해 흥분한 상태에서 아내를 때려죽인 날까지 그런 식이었어요. 그리고 감옥에서 5년 있다가 예정보다 일찍 출소했지요."

"왜 일찍 내보냈을까?"

"인도적 차원에서요. 한 아이의 아빠이니까요. 그것도 장애가 있는 미성년자 고아요. 그 남자는 형기의 3분의 2를 채웠는데, 안에서 규칙을 잘 지키면서 품행이 단정했고 자신의 죄를 뉘우쳤다고 해요. 이것이 법원의 결정 이유였지요. 그리고 아동 보호국은 주저하지 않고 야린카를 그 남자한테 돌려보냈어요. 원칙적으로는 후견위원회가 야린카 아빠를 계속 감독해야 해요. 그런데 그런 외딴 마을까지 진짜로 가서 실제로 감독을 하는지 안 하는지 누가 알겠습니까? 분명 그 남자는 술값으로 돈을 다 날리면서 야린카는 돌보고 있지 않을 거예요. 저는요, 그 남자가 자신의 잘못을 뉘우치고 예전처럼 야린카를 때리는 짓만은 그만두었기를 바랄 뿐이에요. 그리고 세르히가 나타났을 때 그 남자가 미쳐서 날뛰지 않기를 바라고요."

"흐음, 아나톨리. 여기 앉아서 이렇게 저렇게 생각하는 건 큰 의미가 없는 것 같아. 그냥 우리 같이 가 보자고."

"아니, 왜요? 제가 연락한 검찰청 지인들이 이미 프란키우스크에 있는 동료들에게 전화를 걸어 부탁했어요. 내일 야린카를 확인해 달라고요. 그 지역 검찰들이 합당한 이유를 찾아낼 거예요. 불만 사항 같은 걸 받았다고 하면서요. 이런 일이 처음도 아니니까."

"내일은 늦을지도 몰라. 뭔가 느낌이 안 좋아."

"교수님, 여기는 미국이 아니에요. 우리한테 헬리콥터를 내줄 사람은 아무도 없고, 차로 간다면 일찍 도착하기 어려울 거예요. 그리고 그쪽 상황이 그렇게 나쁘지 않을 수도 있어요. 세르히가 이미 도착해 야린카와 식탁에 앉아 있고, 야린카 아빠가 바레니키나 사탕 같은 간식을 내주었을지 누가 알겠어요? 그런 일도 있을 수 있어요. 적어도, 가끔은 그렇게 믿고 싶을 때가……."

바딤이 가스레인지에서 물러나며 말했다.

"아, 아냐, 모르겠어. 아나톨리, 그냥 불안해. 아무래도 짐을 싸서 가 봐야겠어."

"하지만 길도 모르시잖아요."

"차에 내비게이션이 있어. 찾아갈 수 있을 거야."

"교수님이 정 그렇게 하시겠다면 저는 가지 말라고 설득하지 않을 거예요. 가는 길을 막지도 않을 거고요. 원하신다면 가셔도 돼요. 다만 휴대폰은 꼭 챙겨 가세요. 그리고 어떤 상황인지 중간중간 알려 주시고요. 그럼 저는 이만 가 봐야 할 것 같네요."

“이 바레니키는 어쩌고? 거의 다 됐어.”

“고맙지만, 정말로 가 봐야 해요. 그리고 교수님도 가기로 마음먹었다면 이제 준비하셔야 하고요.”

재회

이바노프란키우스크 터미널에 내린 세르히는 야린카네 마을로 들어가는 버스표를 사기 위해 서둘러 매표소로 향했다. 퇴근 시간이라 거리가 북적였다.

세르히는 줄 맨 끝에 섰다. 사람들이 세르히를 앞뒤로 밀었다. 그 중 짐을 두 보따리 든 뚱뚱한 여자가 세르히의 손을 와락 잡더니 빠른 속도로 뭐라 말을 하기 시작했다. 세르히는 들을 수 없다는 손짓을 했다. 그러자 여자가 입을 다물고는 세르히 뒤로 줄을 섰다. 세르히가 고개를 앞으로 돌렸을 때, 또다시 뒤에서 세르히의 손을 와락 잡았다.

'이 아줌마가 대체 나한테 왜 이러지?'

세르히는 화가 나서 고개를 돌렸다. 그런데 세르히의 손을 잡은 사람은 아까 그 여자가 아니라 경찰관이었다. 세르히는 뒤로 물러나며 생각했다.

'이제 다 끝났어. 르비우에서 간발의 차이로 엇갈려 여기까지 쫓아왔나 봐. 그래서 결국…….'

세르히는 경찰관이 수갑을 채우고 자신을 경찰서로 데려갈 거라 예상했다. 하지만 경찰관은 세르히에게 자신을 보라고 손짓한 뒤 천천히 말했다.

"귀가 안 들리지, 그렇지? 이 여자분한테 들을 수 없다고 손짓하는 걸 봤어."

세르히가 고개를 끄덕였다.

"그런데 왜 여기 이렇게 힘들게 서 있니? 너는 줄 서지 않고도 표를 살 수 있어. 자, 이리 와."

세르히는 혼란스러운 표정으로 경찰관을 따라갔다. 경찰관은 인파를 뚫고 매표소로 향했다. 그러면서 주변 사람들에게 말했다.

"장애인 아이가 지나갈 수 있게 해 주십시오."

매표소 옆 벽에는 버스 시간표가 걸려 있었다.

"자, 어디까지 가니?"

경찰관이 묻자 세르히가 '베르호비나'라는 마을을 가리키며 주머니에서 50흐리벤을 꺼냈다.

"넣어 둬. 장애인은 찻값을 받지 않는데 몰랐니? 그건 그렇고, 너는 왜 혼자야? 같이 다니는 어른 없어?"

세르히는 질문을 알아듣지 못했지만, 경찰관의 근엄한 표정에 경계심이 들었다. 그래서 그냥 고개를 저으며 들을 수 없다는 신호를 한 번 더 보냈다. 경찰관은 손을 흔들고는 매표소 직원에게 무료 표를 받은 뒤 세르히를 데리고 베르호비나행 버스로 갔다. 그리고 운전사에게 표를 준 다음 세르히를 보며 버스에 올라타라고 했다. 경찰관은 작별 인사로 손까지 흔들어 준 뒤 모자를 고쳐 쓰고 뿌듯함을 느끼며 걸어갔다.

세르히는 경찰관이 이렇게 친절할 수 있다는 사실에 놀랐다. 코쿠덕이나 그의 동료들과는 달랐다.

한편 그 경찰관은 걸으면서 생각했다.

'저 아이의 부모는 어떤 사람들일까? 저렇게 어린아이 혼자 여행하게 두다니! 더구나 장애까지 있는데 말이야. 우리 아들은 건강한데도 혼자서 돌아다니게 하진 않아. 하지만 저 아이는…….'

버스는 교차로에 다다랐고 신호에 걸려 잠시 멈춰 섰다. 오른쪽 기둥에 '베르호비나-125킬로미터'라고 적힌 표지판이 걸려 있었다. 세르히의 얼굴에 절로 미소가 떠올랐다.

불과 몇 분 전까지만 해도 경찰이 자신을 붙잡아 기숙 학교로 돌려보내거나 소년원 같은 곳으로 보낼까 봐 두려워하고 있었는데, 지금은 세 시간 후면 다시 동생을 만날 수 있을 거라는 확신이 생겼다.

세르히는 마음속에서 점점 더 자주 야린카를 '동생'이라고 불렀다. 지난 석 달 동안 야린카를 찾은 뒤 야린카의 엄마를 때려죽인 그 괴물 같은 아빠에게서 야린카를 구해 오는 꿈을 꾸었다. 그런데 버스가 야린카네 마을에 가까워질수록 점점 더 많은 의문이 세르히를 괴롭혔다. 야린카의 집은 어떻게 찾지? 어떻게 몰래 들어가 야린카를 데리고 나오지? 한밤중에 어떻게 프란키우스크로 돌아오지? 질문은 많았지만 대답할 수 있는 건 하나도 없었다.

야린카네 마을은 카르파티아의 강 유역에 아름답게 펼쳐져 있었다. 버스 운전사가 초라한 정류장에 차를 세웠다. 세르히는 버스에서 내려 상쾌한 산 공기를 들이마시며 생각에 빠졌다.

눈이 녹아 카르파티아 지방에 홍수가 났다는 소식이 뉴스에 나왔다. 당시 기숙 학교에 있던 거의 모든 학생이 그 뉴스를 봤다. 수어 통역 서비스를 제공하는 몇 안 되는 프로그램 중 하나였기 때문이다. 그런데 통역사의 수어를 이해할 수 없어서 화면을 힐끔힐끔 쳐다보기만 하던 야린카가 갑자기 움찔하며 텔레비전 앞으로 달려갔다. 그러더니 손가락으로 화면을 가리키고 나서 자신의 가슴을 가리켰다.

"야린카, 왜 그래?"

휴게실에서 아이들과 함께 있던 선생님이 걱정스럽게 물었다.

"거기서 뭘 본 거야? 저게 너희 마을이야?"

하지만 그대로 뉴스는 끝나 버렸고, 야린카는 끝내 대답하지 않고 소파로 돌아와 세르히의 품속으로 파고들었다.

다음 날 수업이 끝나고 세르히는 야린카를 데리고 컴퓨터실로 갔다. 그리고 인터넷에 접속해 야린카네 마을에 대한 정보를 검색했다. 화면

에 낯익은 장소들이 나오자 야린카의 얼굴이 밝아졌다. 그렇게 둘은 저녁을 먹을 때까지 거기서 사진을 들여다보았다.

세르히와 야린카가 기숙사 밖에서 서로에게 작별 인사를 할 때였다. 야린카가 세르히에게 잠시 기다리라는 손짓을 한 뒤 방으로 뛰어갔다. 그리고 곧 사진 한 장을 들고 나왔다. 사진에는 젊은 여자가 어린 여자아이를 무릎에 앉힌 채 낡은 목조 주택의 허름한 현관 계단에 앉아 있는 모습이 담겨 있었다. 둘은 매우 닮아 있었고 행복해 보였다. 야린카가 사진 속 여자를 가리키며 자신의 엄마라는 손짓을 했다. 그러고는 울음을 터트렸다. 세르히는 당황했다. 야린카가 여태까지 한 번도 운 적이 없었기 때문이다. 심지어 몸이 매우 아팠을 때도 말이다. 세르히는 야린카를 꼭 안아 주며 다시는 누구도 야린카를 아프게 하도록 내버려 두지 않겠다고 다짐했다. 그리고 어떻게 해서든 야린카를 사진 속에서처럼 행복하게 해 주겠다고 마음속으로 약속했다.

마을은 강을 따라 구불구불하게 이어졌다. 세르히는 길을 따라 걸으며 집들을 하나하나 살폈다. 그러면서 사진 속 그 집을 찾으려고 애썼다. 하지만 그런 집은 보이지 않았다. 결국 마지막 집에서 걸음을 멈춘 세르히는 이제 무엇을 해야 할지 막막하기만 했다.

'내가 잘못 생각했나 봐. 야린카가 엄마랑 찍은 사진을 보여 줬지만, 그게 야린카 집이 아닐 수도 있잖아? 다른 마을에 사는 어떤 사람의 집에 갔다가 거기서 찍은 것일 수도 있고. 이제 어떻게 찾지?'

세르히는 검은 파도처럼 밀려오는 절망에 빠지고 싶지 않았다. 그래서 강둑으로 간 뒤 매끄러운 조약돌을 수면으로 휙 던져 물수제비를 떴다. 조약돌은 수면 위로 통통통 튕겨 나와 마치 강을 건너려는 듯 힘차게 날아갔다. 하지만 어쨌든 마지막에는 물에 잠겼다.

'나도 물에 잠겼어. 여러 번 튕겨 나오고 또 튕겨 나왔지만, 결국엔 모든 것이 물거품이 되고 만 거야.'

세르히는 납작하고 커다란 조약돌 하나를 새로 집어 들어 물에 던졌나. 조약돌은 강 한가운데 있는 큰 바위에 부딪히며 공중으로 튕겨 나갔다. 그 조약돌을 눈으로 좇던 세르히는 하마터면 울음을 터트릴 뻔했다. 강 건너편의 언덕 높은 곳에 사진 속 허름한 현관 계단이 보였던 것이다.

세르히는 옷을 입은 채 강을 헤엄쳤다. 마지막 비가 내린 후 몇 주나 지난 터라 강물은 매우 얕았다. 건너편의 뭍을 몇 미터 앞두고 일어나 걷던 세르히가 발이 미끄러지며 물에 빠졌다. 세르히는 발버둥치며 간신히 일어났다. 무척 아팠지만, 어딘가가 뒤틀리거나 부러지지는 않은 것 같았다. 그래서 계속 걸었다.

세르히는 곧 물 밖으로 나와 야린카의 집을 향해 언덕을 올랐다. 집에는 울타리도 마당도 없었다. 넓은 목초지에 건초 더미 두 덩이가 덩그러니 놓여 있을 뿐이었다. 세르히는 온 힘을 다해 잽싸게 뛰어 건초 더미 뒤에 몸을 숨기고 현관문을 뚫어지게 쳐다보았다.

'누군가를 만나기 위해 막연히 기다리는 것만큼 미련스러운 일도 없다' 는 말이 생각났지만, 세르히에게는 다른 방법이 없었다. 저녁의 추위와 젖은 옷이 세르히를 괴롭혔다. 그래도 밖으로 누가 나올 때까지 인내심을 갖고 조용히 기다려야만 했다. 하지만 세르히를 제일 힘들 게 만든 건 야린카가 바로 코앞에 있는데도 가만히 기다리고만 있어야 한다는 사실이었다.

한 시간이 지났다. 세르히는 집에 불이 켜져 안에서 무슨 일이 일어나는지 창문을 통해 볼 수 있었으면 하고 바랐다. 하지만 집 안은 어두웠다.

추위가 매서웠다. 세르히는 건초 더미에서 건초를 몇 줌 뽑아내 몸을 녹일 '둥지' 를 만들었다. 그러는 사이, 한 남자가 반대편의 완만한 길을 따라 언덕을 올라왔다. 세르히가 둥지에 자리를 잡자마자, 남자는 막대기로 창문을 두드렸다. 집 안에서 아무런 응답이 없자 남자가 집요하게 몇 번을 더 두드렸다. 그러자 안에서 웅얼거리는 소리가 들렸다. 잠시 후, 삐걱하는 소리와 함께 문이 열리며 한 남자가 현관으로 나왔다. 불이 켜지지 않은 가스램프를 손에 든 채였다.

"당신 누구야?"

집에서 나온 남자가 화난 목소리로 소리치고는 말을 이었다.

"성냥 있으면 좀 줘 봐."

그러자 방문객이 주머니에서 라이터를 꺼냈다. 남자는 가스램프에 불을 붙인 뒤 불청객을 향해 불빛을 비췄다.

"야린카 아버지 되시죠, 그렇죠?"

방문객이 물었다.

세르히는 삐걱거리는 소리도 남자들의 대화 소리도 듣지 못했다. 긴장과 배고픔, 추위에 지쳐 꾸벅꾸벅 졸고 있었다. 그런데 가스램프의 불빛이 세르히의 졸음을 쫓아냈다. 세르히는 조심스럽게 건초 더미 뒤에서 고개를 내밀었다. 면도를 하지 않아 수염이 덥수룩하게 자란 남자가 속옷만 입은 채 현관에 서서 가스램프로 누군가를 비추고 있었다. 그 누군가는 다름 아닌 기숙 학교의 연구 책임자이자 청각 전문가인 미콜라 선생님이었다. 세르히는 의아함을 안고 얼른 건초 더미 뒤로 다시 숨었다.

'여기는 어쩐 일이지?'

그때 가스램프의 그림자가 이상한 방향으로 튀었다. 다시 고개를 내민 세르히는 공포에 질렸다. 야린카의 아빠가 한 손으로 미콜라 선생님의 목을 움켜쥔 채 벽에 밀어붙이고 있었기 때문이다. 그러면서 다른 손으로는 램프를 들고 선생님 머리를 치려 했다. 미콜라 선생님은 버둥거리며 빠져나오려 애썼지만, 현관이 좁아 어려워 보였다. 세르히는 건초 더미에서 뛰어나와 선생님을 도와주러 달려갔다.

"이건 또 뭐야!"

세르히가 전속력으로 달려들어 야린카 아빠를 밀어트리자 야린카 아빠가 소리를 질렀다. 그러고는 욕을 퍼부으며 세르히를 밀쳤다. 세르히는 현관으로 넘어지며 나무 계단에 머리를 찧었다.

"도망쳐! 가서 도움을 요청해, 얼른!"

미콜라 선생님이 쉰 목소리로 소리쳤다.

세르히는 덤불 속으로 기어갔다. 그런 다음 자리에서 일어나 미콜라 선생님이 올라왔던 길을 따라 내려갔다. 길 끝에는 강을 가로지르는 아주 좁은 다리가 있었다. 세르히는 움찔 놀라며 잠시 걸음을 멈췄다. 하지만 곧 심호흡을 한 뒤 한 걸음 한 걸음 조심스럽게 발을 떼었다.

다행히 세르히는 무사히 다리를 건넜다. 하지만 기뻐할 틈이 없었다. 세르히는 서둘러 가장 가까운 집으로 가서 문을 두드렸다.

"누구세요?"

경계심 섞인 여자의 목소리가 들렸다.

갑자기 세르히의 손이 허공에서 얼어붙었다. 세르히는 충격에 빠졌다.

'뭐야, 지금 내가 들은 거야? 아니면 환청인가?'

"여보, 일어나 봐."

문 뒤에서 또다시 여자의 목소리가 들렸다.

"누가 문을 두드리는데, 아무 말도 안 해. 나가서 한번 봐 봐."

세르히의 손은 여전히 허공에 얼어붙어 있었다. 마침내 문이 열리고, 막 잠에서 깬 듯한 남자가 문 앞에 나타났다.

'다 들려! 다 들린다고! 아줌마가 말하는 소리도, 문이 열리는 소리도 다 들렸어! 얼른 가서 도움을 요청하라는 미콜라 선생님의 목소리도 들었던 거야! 그래서 내가 여기에 온 거고! 세상에, 지금껏 들

을 수 없었는데!'

"꼬마야, 여긴 왜 온 거니?"

남자가 투덜거리며 물었다.

'청각이 돌아왔다면 말도 할 수 있지 않을까?'

세르히가 입을 열고 힘을 줬지만, 목소리는 나오지 않았다.

"왜 물고기처럼 입을 뻐끔뻐끔하니? 대체 원하는 게 뭐야, 엉? 말을 하든지, 아니면 가 버리든지."

세르히는 손짓으로 열심히 설명했다. 어떤 남자가 저 강 너머 언덕에 있는 집에서 사람을 죽이려 하고 있어 도움이 필요하다고 말이다. 하지만 남자는 어떤 뜻도 이해할 수 없어 문을 닫으려 했다. 그러다가 세르히가 가리킨 강 건너편에서 불이 난 것을 발견했다.

남자가 아내에게 소리쳤다.

"얼른 사람들을 깨워! 불이 났어! 올렉사의 집에 불이 났다고!"

"올렉사?"

"그래! 감옥에서 나온 사람."

여자가 이웃집으로 달려가는 동안 남자는 장화를 신고 양동이를 찾았다. 양동이를 몇 개 챙긴 남자는 세르히에게 하나를 건넨 뒤 서둘러 강으로 달려갔다. 세르히는 그 뒤를 쫓아가며 마음속으로 기도했다.

'제발 야린카가 무사하게 해 주세요! 불에 다치지 않게 해 주세요!'

다리를 건넌 두 사람은 양동이에 물을 담은 뒤 흘리지 않게 조심하며 길을 따라 올라갔다. 야린카의 집에 도착했을 때, 불은 이미 현관과 복도를 태우고 있었다. 이웃 남자는 현관문에 물을 쏟아부으면서 불길이 잡히기를 바랐다. 하지만 불은 꺼지지 않았다. 남자가 양동이를 들고 다시 강으로 달려가며 소리쳤다.

"올렉사, 왜 거기 그러고 서 있는 거야? 지금 네 집이 불타고 있잖아, 이 멍청이야!"

야린카 아빠는 현관 근처에 가만히 서서 멍한 표정으로 불길을 바라보고 있었고, 미콜라 선생님은 풀밭에 누워 신음하며 피투성이가 된 머리의 상처를 손으로 누르고 있었다. 현관 옆에는 여전히 깨진 가스램프가 불타고 있었다.

그때 집 유리창이 산산조각 나며 깨졌다. 산소를 잔뜩 빨아들인 불이 빠른 속도로 집 안으로 퍼져 나갔다. 세르히는 야린카 걱정에 창문 난간으로 뛰어올라 집으로 들어갔다. 방 안은 연기로 가득 차 있었다. 하지만 야린카는 거기 없었다. 세르히는 담요로 몸을 감싼 뒤 복도로 뛰어갔다. 매캐한 연기 사이로 문 두 개가 보였다. 더 가까운 쪽의 문을 열어 보니 작고 어두운 옷방이었는데, 거기에도 야린카는 없었다. 다른 문의 손잡이를 세게 잡아당겨 보았지만 잠겨 있었다. 세르히는 문짝을 주먹으로 쾅쾅 두드리고 어깨로 세게 밀었다. 하지만 아무 소용 없었다. 문은 꼼짝도 하지 않았다. 그 사이, 불길은 점점 더 세르히에게 가까이 다가왔다. 다른 사람의 도움 없이는 문을 열 수 없었다. 세르히는 다시 처음 갔던 방으로 달려가 창문 밖으로 뛰어내렸다. 야린카의 아빠는 사라졌고, 미콜라 선생님은 손으로 머리를 누른 채 자리에서 일어나려 애썼지만 번번이 바닥에 쓰러졌다. 강 쪽에서 물 양동이를 든 사람들이 야린카의 집으로 달려오는 중이었다. 세르히가 처음 도움을 요청했던 이웃 남자가 앞장서고 있었다. 세르히는 그 남자에게 달려가 소매를 잡아당기며 '저 안에 사람이 있어요!' 라는 뜻으로 집을 가리켰다.

"저리 가, 지금 바쁘다고."

이웃 남자가 세르히를 뿌리치며 말했다. 그러고는 불에 물을 뿌린 뒤 다시 물을 뜨기 위해 서둘러 강으로 돌아갔다.

세르히는 나뭇더미로 달려가 통나무 하나를 집어 들고 다시 집 안으로 들어갔다.

식품 저장 창고에서 불길이 치솟았다. 피클을 보관한 유리병이 뜨거운 열에 잇따라 깨졌고, 밖에서는 현관문이 우르르 무너졌다. 세르히는 제자리에서 꼼짝도 할 수 없었다. 마치 철도 위의 그 자동차 뒷좌석에 다시 올라탄 느낌이었다. 날카로운 쇳소리, 사방으로 튀는 불꽃, 그리고 세르히에게 달려드는 기차…… 세르히는 고개를 저어 환영을 쫓아냈다. 그런 다음 통나무를 움켜쥐고 잠긴 문을 쿵쿵 두드렸다. 몇몇 사람이 집 안에서 나는 소음을 듣고 소리쳤다.

"안에 누가 있어요! 도와줘요!"

"아! 그 녀석이구나!"

세르히가 처음 도움을 요청했던 이웃 남자가 알아차렸다. 남자는 불이 붙지 않도록 양동이의 물을 온몸에 쏟아부은 뒤 집 안으로 들어갔다. 통나무로 문을 두들기는 세르히의 모습이 연기 사이로 보였다. 남자는 세르히의 어깨를 잡고 현관 쪽으로 끌어당겼다. 세르히는 발뒤꿈치에 힘을 주고 질질 끌며 손으로 계속 문을 가리켰다. 그러면서 남자의 손아귀에서 빠져나가려 애썼다.

'도대체 저 문 뒤에 뭐가 있길래 이렇게 고집을 피우는 거야?'

남자는 잠깐 생각한 다음 아이와 싸우느니 차라리 돕는 게 낫겠다는 판단을 내렸다. 그래서 한 걸음 뒤로 물러났다가 문에 몸을 세게 부딪쳤다. 마침내 나무 문짝이 우지끈 부서졌다. 넘실거리는 불길 속에서 창문도 없는 비좁은 방이 보였다. 방에는 옷장과 낡은 철제 침대가 있었는데, 여자아이가 침대 밑에 웅크리고 누워 있었다. 남자는 얼른 여자아이를 꺼내 자신의 몸으로 감싼 뒤 세르히를 끌고 서둘러 현관으로 나갔다.

밖으로 나간 남자는 정신을 잃은 야린카를 바닥에 눕혔다. 의사로 보이는 남자가 야린카에게 달려와 인공호흡을 하기 시작했다. 한편 마을 사람들은 세르히의 손과 등에 난 화상을 가라앉히려고 세르히에게 물을 부었다.

야린카를 살리려는 몇 번의 시도 끝에 야린카의 가슴에서 무거운 숨소리가 터져 나왔다. 야린카가 콜록콜록 기침하며 눈을 떴다. 양동이와 삽을 들고 뛰어다니는 사람들을 혼란스러운 눈길로 바라보던 야린카가 곧 불길에 휩싸인 집으로 관심을 돌렸다. 집을 구하기엔 너무 늦었다. 모든 것이 이글이글 타고 있었다.

의사가 야린카의 입술에 플라스틱 물통을 대었다. 야린카는 한 모금 마신 뒤 불에서 고개를 돌렸다. 그리고 조금 떨어진 곳에 있는 남자아이를 발견했다. 어떤 여자가 남자아이의 팔과 등에 하얀 크림을 문지르고 있었다. 남자아이가 뒤를 돌아보았다. 얼굴에 그을음이 거멓게 묻어 있었지만, 야린카는 세르히를 알아보았다. 마치 누군가가 새 생명을 불어넣어 준 것처럼 야린카가 벌떡 일어나 세르히 쪽으로 달려갔다.

의사는 야린카가 쇼크 상태에 빠졌다고 생각했다. 그래서 야린카를 붙잡아 다시 바닥에 눕혔다. 하지만 야린카는 저항하면서 빠져나가려 했다. 그러다 갑자기 야생 동물처럼 울부짖었다. 놀란 의사가 야린카를 놓아주었다. 야린카는 세르히에게 달려가 두 팔로 목을 감쌌다.

"오옵, 바! 오옵, 바! 우리 오옵, 바!"

야린카가 세르히를 꼭 안은 채 계속 말했다.

세르히는 고통에 이를 악물었다. 야린카가 손으로 세르히의 화상 입은 등을 꾹 눌렀기 때문이다. 하지만 세르히는 그냥 가만히 야린카의 머리를 쓰다듬었다. 둘 다 눈에서 눈물이 떨어졌다.

집은 거의 다 탔다. 사람들은 이제 불을 끄려 하지도 않았다. 그저 불이 더 번지지 않도록 주변에 물을 붓고 흙을 뿌릴 뿐이었다.

누군가 깨끗한 천으로 미콜라 선생님의 머리를 감쌌다. 주변의 도움 없이는 일어날 수 없는 것으로 보아 뇌진탕인 게 분명했다. 집에 불을 지른 야린카의 아빠가 어디로 사라졌는지는 아무도 몰랐다. 불길은 서서히 사그라들었고 공터도 어둠 속으로 가라앉았다. 하지만 사람들은 자리를 뜨지 않고 여전히 자신들의 눈앞에서 일어났던 일에 관해 이야기하고 있었다.

언덕 아래 길에서 사이렌이 울려 퍼졌다. 구급차와 경찰차, 그리고 소방차 두 대가 인도교 옆에 멈춰 섰다. 그 뒤로 승용차 한 대가 더 멈춰 섰고, 키가 크고 점잖은 남자가 안에서 나왔다. 그의 주머니에서 휴대폰이 윙윙 울렸다.

남자가 전화를 받았다.

"여보세요! 아, 그래, 아나톨리. 방금 도착했어. 잘 모르겠어. 이제 알아봐야지. 베르호비나 경찰서에 들어가니까 아주 난리가 났더라고. 이웃 마을에서 긴급 신고가 들어왔다고 했어. 술 취한 남자가 다른 사람을 거의 죽기 직전까지 때리고 자신의 집에 불을 질렀다는 거야. 한마디로, 경찰들은 나랑 이야기할 시간이 없었어. 응, 그래, 야린카네 마을……. 그래서 경찰차를 따라왔지. 집은 완전히 불탔어. 내가 보기엔 그래. 아이들은 어떻게 됐을까? 나도 모르겠어. 뭔가 알게 되는 대로 다시 전화할게."

바딤은 야린카의 집을 향해 언덕을 올랐다. 간호사 두 명이 머리에 붕대를 칭칭 감은 남자를 들것에 태운 채 바딤 옆을 지나갔다.

"뭔가 심각한 일이 벌어졌던 모양이군."

교수가 중얼거리며 걸음을 빨리 옮겼다. 언덕 꼭대기에 오르자 한 무리의 사람들이 불탄 집 주변에 모여 있는 게 보였다. 소방관들이 무력하게 두 팔을 양쪽으로 벌리며 사람들에게 무언가를 설명하고 있었다. 공터 한가운데는 의사들이 누군가를 진료하느라 분주했다. 바딤이 그쪽으로 가까이 다가갔다.

"세르히."

그을음으로 거멓게 된 남자아이가 어젯밤의 그 손님이란 걸 알아차린 바딤이 안도의 한숨을 내쉬었다.

"살아 있었구나. 정말 다행이야."

바딤은 의사들이 치료를 계속할 수 있도록 옆으로 비켜난 뒤 전화를 걸었다.

"아나톨리, 괜찮아. 그래, 여기 있어. 여자애도 여기 있고. 세르히 바로 옆에 앉아 있네. 그 애 아빠? 모르겠어. 여긴 정말 북적북적 정신이 없어. 그건 그렇고, 애들이 살아 있어서 얼마나 다행인지 몰라. 나머지는 우리가 알아서 할게. 알았어, 그럼 다음에 보자고."

다시 함께

한 달이 지났다. 여름 방학이 끝난 뒤 기숙 학교의 생활은 서서히 제자리를 찾아가고 있었다. 신입생들은 시간표와 공부에 적응하고 있었고, 선배들은 자신들이 할 수 있는 한 최선을 다해 신입생들을 도왔다. 작년에 기숙 학교 학생들 전부를 괴롭혔던 비티옥에 대해 이야기하는 사람은 아무도 없었다. 대신에 새로운 이야기가 사람들의 입에 오르내렸다. 바로 기숙 학교 연구 책임자인 미콜라 선생님과 7학년 세르히가 어떻게 야린카를 잔인한 아빠에게서 구해 내었는가에 관한 이야기였다.

저녁에 불이 꺼지면 남자아이들은 기숙사 방에서 휴대폰 화면을 켜고 수백 번째 같은 이야기를 또 하고, 또 하고 했다. 야린카의 아빠가 어떻게 자신의 딸을 어두운 방에 가뒀는지, 그리고 어떻게 술값으로 돈을 다 날려 야린카를 굶겼는지 말이다. 야린카 아빠가 미콜라 선생님을 어떻게 공격했는지, 그리고 가스램프로 어떻게 죽일 뻔했는지, 야린카가 갇혀 있던 그 집이 어떻게 불에 타게 되었는지도 이야기했다. 술에 취한 야린카의 아빠는 술이 깨면서 두려움에 떨었다. 하지만 딸을 구하는 대신 그냥 도망쳤다. 다음 날 경찰이 술에 취해 반쯤 정신이 나간 그를 옆 마을의 술친구 집에서 찾아냈다. 그는 지금 다시 감옥에 갇혀 있다.

남자아이들이 가장 흥미로워한 건 세르히가 야린카를 불 속에서 구한 이야기였다. 기차역에서 도둑들과 함께 생활한 이야기도 인기가 있었다. 특히 기차역 이야기는 하루하루마다 놀라울 정도로 자세해졌다.

하지만 세르히는 상카의 지하실 생활을 더는 이야기하고 싶어 하지 않았다. 그래서 남자아이들이 요청할 때만 아주 짧게 간단한 수어로 이야기했다. 어쩌면 이러한 이유로 남자아이들이 이야기에 살을 계속 덧붙여 나가 더 매혹적인 이야기가 되었는지도 모른다.

세르히는 다른 일에 더 관심이 많았다. 스승의 날 전날인 10월 첫째 주 일요일에 학교에서 콘서트가 열릴 예정이었다. 세르히와 야린카는 종업식에서 공연하지 못했던 피아노 연주와 춤을 보여 줄 계획이었다. 하지만 공연을 준비할 시간이 충분하지 않았다. 둘 다 학교에 돌아온 지 얼마 되지 않았기 때문이다. 두 사람은 키이우에 있는 과학 아카데미의 이비인후과 연구소에서 2주간 머물며 특별한 진단을 받았다. 세르히의 청력은 거의 완전히 회복되었지만, 아직 말을 할 수는 없었다. 키이우의 의사는 세르히를 안심시켰다.

"걱정하지 마. 뇌의 청각 기능이 회복되었다면 곧 언어 기능도 회복될 거야."

사실 세르히는 별로 걱정하지 않았다. 그저 야린카가 말을 하기 시작한 것이 기쁠 뿐이었다. 정밀 검사 후, 전문가들은 야린카를 위해 특별한 보청기를 만들겠다고 했다. 소리를 증폭시킨 뒤 그것을 야린카의 뇌가 인식할 수 있는 주파수로 변환하는 특수 보청기를 말하는 것이었다. 야린카는 달라졌다. 다시 살아나고 있었다. 더는 겁에 질린 작은 동물처럼 보이지 않았고, 천천히 또래 친구들과 소통하며 새 친구를 사귀기 시작했다. 그래도 아직은 시간이 날 때마다 세르히에게 달려가 함께 강당으로 가서 음악을 듣고 춤을 추었다.

에필로그

스승의 날 하루 전, 학생들은 알록달록한 풍선과 예쁜 꽃다발로 강당을 꾸몄다. 선생님들은 고학년 학생들이 학교 주변의 개인 화단에서 꽃을 몰래 꺾어 온 건 아닌지 의심했지만, 축제 분위기를 망치지 않기 위해 아무 말도 하지 않았다.

관객은 바로 학생과 학부모, 교직원들이었다. 연구 책임자인 미콜라 선생님만 빠졌는데, 아직 병원에 있었기 때문이다. 미콜라 선생님은 중요한 행사를 놓치게 되어 무척 안타까워했다.

공연을 앞둔 학생들은 긴장하고 초조해하고 있었다. 세르히는 특히 더 그랬다. 세르히가 커튼 틈으로 내다보니, 르비우에서 친구가 된 바딤과 아나톨리가 와 있었다. 그들은 강당 맨 앞줄, 교장 선생님 옆에 앉아 있었다. 교장 선생님이 그들을 초대한 것이다. 평소엔 몸을 가만히 두지 못하던 닥스훈트 알파도 차분하게 주인 발치에 앉아 콘서트가 시작되기를 기다렸다.

이 손님들은 아침 일찍 도착했다. 바딤은 교장실에서 커피를 마시던 교장 선생님에게 상카가 체포되었다는 소식을 전했다.

“한번 상상해 보세요! 상카가 경찰관 코쿠덕에게 뇌물을 건네려는 순간, 체포됐다니까요.”

바딤이 흥분한 목소리로 말을 이었다.

“코쿠덕은 기차역 도둑들의 뒤를 봐주고 있다는 의심을 오래전부터 받아 왔어요. 그러다 마침내 코쿠덕과 상카 둘 다 현행범으로 붙잡혔지요.”

그러자 아나톨리가 덧붙였다.

“솔직히 전 말이죠, 세르히의 이야기가 없었다면 검찰이 그렇게 빨리 움직였을지 의심스러워요. 상카의 악명 높은 지하실에 들어갔을 때, 경찰들은 거기에 있던 아이들 대부분이 청각에 문제가 있다는 사실을 알게 되었어요. 그래서 저한테 연락해 도움을 요청했지요. 제가 한 아이와 이야기하고 있을 때, 어떤 남자아이가 제 옆에 앉았어요. 양쪽 팔이 없는 아이였죠. 이름이 롬치크라고 했는데, 그 아이는 한동안 지하실에서 살다가 상카와 갈등을 겪은 후 사라진 농인 남자아이에 대해 아는 게 있냐고 제게 물었어요. 제멋대로 굴었다는 이유로 상카가 그 남자아이를 없애 버린 건 아닌지 걱정하더라고요. 저는 그게 세르히의 얘기라는 걸 깨닫고, 모든 이야기를 들려주었지요. 롬치크는 정말 뛸 듯이 기뻐했어요.”

교장 선생님이 중간에 말을 끊으며 물었다.

"그러면 그 아이들은 어떻게 되는 거죠?"

아나톨리가 고개를 가로저으며 슬픈 목소리로 말했다.

"글쎄요, 사실, 그렇게 좋진 않아요. 그 아이들은 장애인 아동을 위한 기숙 학교에 배정될 거예요. 시간이 지나면 누군가는 견디지 못하고 탈출해 다른 지하 조직으로 들어가겠지요. 아니면 상카에게서 얻은 경험을 바탕으로 자신의 조직을 만들 수도 있고요. 기숙 학교에 남아 있는 아이들도 몇 년 지나면 떠나야 해요. 그때는 자신들에게 전혀 관심이 없는 이 세상과 마주해야 하겠지요. 하지만……, 솔직히 이 문제는 저보다 교장 선생님이 더 잘 아시잖아요. 100명 중 한 명은 운이 좋아서 대학에 들어가거나 치과 기공사가 되거나 선생님이 될 수 있겠지요. 벽돌공이나 페인트공, 목수, 배관공이 되어 집을 고치면서 돈을 벌 수도 있고요. 정부의 정책에 따라 비숙련공으로 일자리를 얻어 생활하는 사람도 있을 테지요. 하지만 나머지는 거리에서 구걸하며 좌절과 절망에서 벗어나기 위해 술을 진탕 마실 거예요. 그러면서 스스로 목숨을 단축하겠지요."

"사는 것도, 죽는 것도 힘드네요."

교장 선생님이 한숨을 내쉬었다. 그러고는 담배에 불을 붙이며 말을 이었다.

"자, 슬픈 이야기는 이 정도만 하죠. 손님 여러분, 커피를 다 마시고 강당으로 갑시다. 우리의 젊은 예술가들을 기다리게 해선 안 되죠. 어차피 우리끼리 이 세계를 바꾸거나 구할 수는 없으니까요."

그러자 바딤이 고개를 끄덕였다.

"그렇긴 하죠. 하지만 우리 각자가 주위를 둘러보고 도움이 필요한 아이를 한 명이라도 도울 수 있다면, 그건 절대 작은 일이 아닐 거예요. 아이 하나를 구하는 일은 온 우주를 구하는 일과 같은 거니까요."

"교수님은 정말 대책 없는 이상주의자시네요."

아나톨리가 미소를 지으며 의자에서 일어났다.

야린카는 이렇게 많은 사람이 모인 무대에 오른 것이 처음이었다. 하지만 두렵지 않았다. 피아노 앞에서 세르히가 기다리고 있었기 때문이다. 세르히는 의자에 앉아 피아노 건반을 눌렀다. 마침내 음악이 공기 중에 울려 퍼졌다. 감동적이고 진지했다. 세르히가 야린카를 바라보았다. 야린카의 눈이 오래된 사진에서처럼 행복으로 반짝반짝 빛나고 있었다. 세르히의 소원대로 말이다.

적막에 귀 기울일 때

초판 인쇄 2023년 8월 17일 **초판 발행** 2023년 8월 17일

지은이 안드리 바친스키 **옮긴이** 이계순

펴낸이 남영하 **편집** 전예슬 김주연 김가원 **디자인** 박규리 **마케팅** 김영호 변수현

펴낸곳 ㈜씨드북 **주소** 03149 서울시 종로구 인사동7길 33 남도빌딩 3F **전화** 02) 739-1666 **팩스** 0303) 0947-4884

홈페이지 www.seedbook.co.kr **전자우편** seedbook009@naver.com **인스타그램** instagram.com/seedbook_publisher

ISBN 979-11-6051-568-8 (43890)

Originally published in Ukrainian language under the title «140 децибелів тиші» by Vydavnytstvo Staroho Leva (The Old Lion Publishing House), Lviv, Ukraine.

Copyright © Andriy Bachynskyi, 2015

All rights reserved.

Korean translation copyright © 2023 by SEEDBOOK CO.LTD

Korean translation rights arranged with The Old Lion Publishing House through EYA Co.,Ltd

이 책의 한국어판 저작권은 EYA Co.,Ltd를 통해 The Old Lion Publishing House와 독점 계약한 ㈜씨드북이 소유합니다.
저작권법에 의하여 한국 내에서 보호를 받는 저작물이므로 무단 전재 및 복제를 금합니다.

• 책값은 뒤표지에 있어요. • 잘못 만들어진 책은 구입하신 서점에서 바꾸어 드려요.

• 씨드북은 독자들을 생각하며 책을 만들어요.